쌀 씻어서 밥 짓거라 했더니

쌀 씻어서
밥 짓거라 했더니

삶의 참맛을 느끼게 하는
시인의 음식들

박
경
희
지
음

서랍의날씨

"왜 그리 대충대충 해?

"간만 맞으면 되지, 뭐시 더 필요한 겨?"

"그래도 정성이 들어가야지. 대충대충 픽픽 넣고 획획 저으면, 그게 맛이나 나것어?"

"아따, 그동안 잘도 먹었으믄서리 오늘은 왜 지랄이여? 나만 그러는 줄 알어? 다 때려 맞추는 겨. 요즘은 거시기 계량으로 한다더만 우리덜은 그냥 손이 저울이여. 대충 넣는 것 같아도 손으로 간을 맞추고, 그다음이 입으로 간을 맞추는 겨. 사는 것 도 그려. 이래저래 얻어터지고 휘둘려 본 사람은 어지간한 일에는 흔들리는 법이 읎어. 삶을 몸으로 간 맞추는 겨. 그렇게 맞추다 보믄 도사가 되는 겨. 쭈그렁 방퉁이 늙은이가 되는 겨."

"쭈그렁 방퉁이 늙은이가 뭐여?"

"너는 안 될 줄 아남? 잠시 잠깐이여. 그려, 니 말대로 훅 가는 겨. 아픈 사람, 슬픈 사람, 행복한 사람, 모두 훅 가는 겨. 그러니께 간 잘 맞추고 살어. 사램 맴도 간을 잘 맞춰야 하는 겨. 삐끗하믄 쭈그렁 방퉁이 되기도 전에 골로 가니께."

지난 시간, 내 안으로 훅, 들어와 바글바글, 부글부글, 지글지글, 빠글빠글 끓고 있는 속을 유감없이 보여 준, 마을 입구의 팽나무 같은 분, 갈바람으로 흘러간 분, 시간을 붙잡고 싶어 하다가 먼저 저승길 간 분, 환한 미소로 별이 되고 싶어 했던 분, 겨울 논바닥에 쌓인 볏짚 같은 분. 한겨울 살얼음으로 앉은 방죽 같은 분, 이 빠진 사이로 햇살을 들였던 분, 그 모든 분들과 함께했던 시간에 두 손 모아 고개를 숙인다.

2016. 보령 명천에서
박경희

차례

작가의 말 ○ 4

🍲 **1부 오빠, 안녕!**

서부의 결투는 암것도 아녀 ○ **된장깻잎** ○ 11

머리카락 휘날리며 ○ **고사리볶음** ○ 20

놀부 귀신 ○ **아귀매운탕** ○ 28

외계인에게 납치된 상어호 ○ **간장게장** ○ 36

도라지 도라지 뺙! 도라지 ○ **도라지무침** ○ 42

까마귀 정기를 받은 할배 ○ **물잠뱅이탕** ○ 51

🍲 **2부 신랑 방에 불 켜라, 각시 방에 불 켜라**

닭 모가지 비틀어져도 봄은 온다니께 ○ **쭈꾸미볶음** ○ 63

송리는 역시 못된 년이었다 ○ **자리공나물, 개망초나물** ○ 71

농사꾼의 맴 ○ **김장** ○ 80

참말로 시상이 말세라니께 ○ **어성초 효소** ○ 87

신랑 방에 불 켜라, 각시 방에 불 켜라 ○ **참깨강정** ○ 94

갓 쓴 고양이 ○ **매운닭볶음탕** ○ 102

3부 🍲 벼룩의 간을 빼서 회 쳐 묵어라

춤 타령 ○ 쇠고기미역국 ○ 117

참말로 드럽게 못생긴 염소 시키 ○ 시락지된장국 ○ 125

쌀 씻어서 밥 짓거라 했더니 ○ 쌀밥 ○ 132

맛이, 맛이 정말 끝내줘요 ○ 들깨머윗대탕 ○ 137

니들이 과부, 홀아비 맴을 알기나 혀? ○ 호박오가리볶음 ○ 144

구리구리 참맛! ○ 통통장 ○ 155

4부 🍲 경애 할매는 어찌 알았을까

다 내 탓이여 ○ 쑥된장국 ○ 165

쿵쿵, 비가 오긴 올랑가 ○ 올갱이수제비 ○ 172

발길을 돌리려고 바람 부는 대로 걸어도, 아싸! 멍멍! ○ 쌀막걸리 ○ 181

내가 뭘 잘못했다고 난리여 ○ 애호박젓국 ○ 189

가슴에 뜨건 봄이 왔다 ○ 냉이된장무침 ○ 195

가는 바람 붙잡아 놓고 ○ 매운생태국 ○ 200

그렇게 바위를 탄다 ○ 대수리장 ○ 207

1부

오빠, 안녕!

서부의 결투는
암것도 아녀

된   장   깻   잎

●괭이 싸움 구경

바람이 서늘하여 대문 앞에 나섰더니, 도둑괭이 두 마리가 앞발을 들고 권법을 휘두르고 있는 것이 아닌가. 나도 사람인데……, 나도 사람이었나……, 정말 나는 사람이었을까……. 여하튼 미친 도둑괭이들이 나는 안중에도 없고, 피할 생각도 아니하고, 서로 눈빛 레이저를 쏘아 대고 있었다. 이 씨부랄 것들이 서로 털을 세우고 앙알앙알대는 웃기는 상황에 나는 깻잎

따러 가다가 말고 아부지가 세워 놓은 고춧대마냥 서 있었다.

암컷인지 누런 괭이 한 마리는 두 마리의 싸움을 다소곳이 앞발을 모은 채 지켜보고 있었다. 참말로 서부의 결투는 이런 살벌함에 비하면 아무것도 아닌 것 같았다. 괭이의 세계에서는 사람도 그저 별 볼 일 없는 동물에 지나지 않을 테니, 더군다나 나는 멀뚱거리며 바라보고만 있을 뿐이었다.

'야뵤오오오~!' 아시는가, 괭이의 절권도는 강한 눈빛과 선제공격이 우선이라는 것을? 한참을 서로 바라보며 털만 바짝 세우던 괭이들이 순식간에 내 앞을 달려 서로 뒤집혔다. 그 사이 암놈은 늘어지게 하품을 하고 다시 시선을 두 마리 수놈에게 던졌다. 그래, 이 정도는 해줘야 암컷의 위엄이라 하겠다.

한참을 신나게 싸우던 괭이 두 마리는 내가 던진 돌멩이 세 례를 받고는 물러났다. 깻잎 늦게 따 왔다고 퉁박 먹기 싫어서 괭이 사랑 싸움에 돌멩이를 던졌다. 뒤끝이 워낙 긴 괭이 종족은 두고두고 우리 집 장독대에서 밤낮으로 지랄과 앙탈을 한데 모아 앙알앙알댈 것이다.

그러거나 말거나 비닐 봉다리 들고 휘적휘적 밭으로 향했다. 가을볕이 하도 좋아서 콧구멍에서 바람 같은 노래가 실실 나왔다. 한참을 깻잎을 따서 봉다리에 넣고 있는데, 어느 결에 날아온 까치 한 마리가 감나무 위에서 빤히 바라보고 있었다.

"언제까지 이파리만 만지작거리고 있을 겨?"

언제 날아왔는지 모를 까치보다, 빛보다 빠른 엄니의 싸늘한 목소리가 가을 햇살로 등허리에 꽂혔다.

🍲구리구리 냄새

"열심히 끊고 있구만그려."

"느처럼 하믄 낼꺼정 하겄다. 팍팍팍 뜯어야지, 한 장 뜯고 먼 산 보고, 두 장 뜯고 딴짓하냐. 오쩨 일을 그따위로 하는 겨."

"온제부터 보고 있었대? 그럼 언능 와서 같이 따야지."

"시끄런 소리 하덜 말고, 집에 가서 항아리 소독해 놔! 대충 닦지 말고 물기 빠지믄 신문지로 불붙여서리 거시기 속 좀 훑어. 뭐든 정성 읎이는 먹을 수 있는 게 한 개두 읎으니께."

"무슨 조선 시대도 아니고……."

"내가 온제 지푸라기로 부치라고 혔어? 신문지로 훑으라고 혔지. 오쩨 귓구녕에 못이 박혔나. 통 못 알아들어."

한마디 던지려다가 괜스레 욕먹을 것 같아서 아무 소리 않고 집으로 돌아왔다. 순간 어디선가 누군가의 낯선 느낌이 확

들어왔다. 여기저기 둘러보는데, 그렇잖아도 속이 말이 아니건만, 저놈의 괭이 새끼가 울 밖 감나무 옆에 서서 나를 빤히 바라보고 있었다. 옆에 있던 돌멩이를 들어 괭이한테 던졌다. 역시나 빗나갔다. 제아무리 포인트를 향해 던져도 도통 맞지를 않으니, 이놈의 집중력은 모래를 끌어모으듯이 모아도 모이지 않고 허공에 흩어져 버렸다.

창문 안으로 들이치는 햇살을 손으로 거둬 내며 신문지 한 뭉치를 들고 나갔다. 그리고는 신문지에 불을 멋지게 붙였다. 생각대로 되었으면 좋았을 것을, 대문 밖에 숨어서 지켜보고 있었는지, 갑자기 바람이 불어와 내 긴 머리카락으로 옮겨붙어 버렸다. 머리를 털면서 펄쩍펄쩍 뛰며 성질을 부리다가 찬물을 머리에 부었다.

오뉴월에 비 맞은 개 꼴로 바들바들 떨면서 젖은 신문 뭉치를 아주 신경질적으로 바라봤다. 한들 뭐가 달라질 게 있을까. 현관 유리문에 비친 나를 울 수도 웃을 수도 없는 몰골로 빤히 바라봤다. 아, 뭐든 좋은 마음으로 해야 한다. 그래야 돌고 돌아 내게로 복이 온다는 말씀을 다시 한 번 한숨으로 받든다.

한동안 항아리와 씨름을 하고서 된장을 퍼 담았다. 구리구리한 냄새가 몸에 달라붙었다. 젖은 머리카락 한 올 한 올 바람과 함께 성질을 부렸다.

엄니가 따온 깻잎을 슬쩍슬쩍 생채기 나지 않게 물로 닦다가 바구니에 쫘악 깔았다. 잠시 후 물기 빠진 깻잎을 한 뭉치 집어 항아리에 박으려는데, 엄니가 손사래를 치며 내 손을 막았다.

"깻잎을 니 얼굴맹키로 여그저그 갖다 놓으믄 맛이 배이겄어, 잉?"

"내 얼굴이 어때서 그려? 요목조목 잘 붙어서리 곱기만 하고만."

"내가 낳아서 그렇긴 헌디……. 나는 너를 낳을 때 겁나게 예쁘게 낳았는디, 오째 나이를 먹으면서 지 맘대로 여그 붙고 저기 붙어 얼굴이 난리 통이 되어 부렀다냐. 그것도 참말로 구신이 곡할 노릇이여."

"오째 그려? 엄마 배 속으로 다시 들어가?"

"아따, 니년처럼 등치가 산만 한 년을 내 배 속에 넣었다가는 터져 죽겄다. 잔소리 챙겨 두고 한 뭉치씩 잘 포개서 넣어. 그 위로 된장을 시루떡 하듯이 살포시 떠서 올려. 승질 부려서 될 일이 하나도 없으니께, 찬찬히 장독대 구신헌티 기도하믄서 혀."

"갑자기 장독대 귀신 얘기는 뭐하러 해?"

"거시기, 옛날부터 정화수 떠 놓고 장 잘되게 해 달라고 빌었다니께. 너도 새벽마다 장독대에 나와서 빌어 봐. 장독대 보호해 주는 구신이 너도 보호해 줄 테니께."

"내가 독이여?"

"암만, 배만 뽈록 나온 독이지. 근디 몰골이 왜 그려? 비 맞은 쥐 꼴을 했구만."

"아녀."

"아니긴 뭐가 아녀? 머리가 다 끄실렸구만. 뭔 일을 시키믄 제대로 하는 게 읎어. 오디 다치지는 않았남?"

"응. 근디 지금 봤남?"

"잉, 지금 보이네."

구시렁구시렁 깻잎을 착착 넣으며 햇살도 바람도 더불어 포개었다. 된장의 구린내가 그슬린 머리카락 사이로 퍼져 나갔다. 어느새 드런 성깔도 가라앉았고, 내 숨결은 된장독 깊숙이 숨어들어 가득했다.

●울 엄니는 시인

"엄마는 간장깻잎이 좋아, 된장깻잎이 좋아?"

"된장깻잎이 참말로 맛나지, 암만. 된장 박은 놈을 꺼내 조물락조물락 빨아서 푹 쪄내 먹으믄 참말로 쥑이지. 찬물에 밥

말아 그 위에 깻잎 놓아 먹으믄 소쩍새가 가슴팍에서 소쩍소
쩍 운다니께."

"아따, 울 엄마가 시인이네."

"암만, 나 같은 작가 있으믄 나와 보라고 혀."

"접때 엄마 욕 썼다가 욕쟁이 책이라고 한 방 먹었는디."

"참말로 욕의 성질을 모르는구만. 막 내지르는 욕은 욕이고,
내 욕은 사랑이여. 나한테 욕 안 먹은 것들은 사랑을 받지 못한
것들이여. 나한테 사랑받고 싶어서리 다들 그랬구먼."

"역시 울 엄마는 대단혀. 오째 그렇게 말을 잘 맹그나 몰라."

된장독 깨끗이 부셔서 햇볕 잘 드는 곳에 모셨다. 엄니는 머
리와 옷을 단정히 만지고 아주 길게 기도를 했다. 그래, 어찌
되었든 맛난 된장깻잎만 되면 되는 것이다.

허리 곧게 펴고 누워 잠들었는데, 장독대 쪽에서 앙알앙알
소리가 길게 들렸다. 창문을 열고 내다보니, 고양이 두 마리가
서로를 바라보며 이빨을 하얗게 드러내고 달려들 기세로 서
있었다. 파리채를 들고 살금살금 나가서 냅다 한 놈을 후려쳤
다. 정통으로 맞은 줄 알고 좋아라 웃으며 돌아서는데, 수돗가
에서 오던 엄니가 가만히 서서 한 말씀 던진다.

"아따, 서부의 결투는 암것도 아니구먼. 참말로 별나. 괭이하고 싸움 지랄을 하고 있다니께."

된장깻잎

된장에 박아 육 개월 정도 된 깻잎을 꺼내 찬물에 바락바락 빤다. 냄비에 물을 넣고 들기름, 마늘로 휘이휘이 섞은 후, 손 닿기 좋은 곳에 놓은 된장깻잎을 넣는다. 깻잎이 짤 것 같으면 물엿을 살짝 넣고 바글바글 끓인다. 깻잎에 멋 좀 부리고 싶다면 홍고추를 어슷썰기로 썰어서 올리면 된다.

머리카락
휘날리며

겨울이 봄 등허리를 오르락내리락한다. 언능, 퍼뜩 가라 해도 겨울은 좌정하고 앉아 염불하고 있다. 봄이 이러지도 저러지도 못하고 있는 판에 정월이 코앞으로 달려오자 갈무리한 나물이 '날 좀 보소' 손 내밀었다.

정월 장날은 나물 장이다. 지난해 갈무리한 나물을 보따리에 싸고 지고 나와 여기저기 틈만 보이면 겨울 끝 바람 저리 가라 하고 앉아 한 쟁반씩 내놓고 보름을 팔았다. 둘레둘레 시장판

아이 쇼핑을 끝내고 집으로 돌아와 엄니가 사다 놓은 고사리를 삶았다. 여기저기 달려 다니는 고사리 냄새가 콧속으로 들어오니 재채기가 먼저 나왔다.

"아이고, 고사리 사러 나갔다가 별 미친년을 다 봤네."

밑도 끝도 없이 내 옆으로 다가온 엄니의 서늘한 느낌은 무엇이란 말인가. 이리저리 둘러봐도 빠져나갈 구멍 하나 없이 옆으로 다가왔다.

"오떤 년?"
"니년! 이게 미쳤나. 그기가 오디라고 지랄을 혀? 아니, 마실 갔던 정신이 한순간에 확 돌아오더만. 아따, 등골이 써늘하고 낯이 붉어져서리 참말로 이건 뭔 일인가 혔다니께."
"왜? 내가 뭐랬간?"
"거그가 오디라고 소리를 치며 달려, 달리긴! 미친년 산발한 것도 아니고. 니년 머리카락이 태극기여, 잉? 장바닥을 휘날리며 오토바이 타고 그 지랄로 달려?"
"봤어?"
"아니, 내가 잘못 본 줄 알았당께. 내 딸년이 미친년맹키로 소리치며 달릴 줄은 꿈에도 몰랐는디. 아이고, 시상에 우째 이런 일이 이승 바닥에 뒹굴어 다닌 겨, 시방."

"그럴 수밖에 없었어."

"아무리 사정이 있기로 성한 년이 미친년이 되믄 안 되지. 암만, 나는 오늘 내 딸년의 미친 모습을 봤당께."

아무리 설명하려 해도 엄니는 들으려 하지 않았다. 한참을 방바닥 두드리며 이야기를 삼천리로 하시더니, 허리춤을 부여잡고 화장실로 들어가셨다.

길을 가다 당장 방송에 필요한 중요한 서류를 집에 두고 나온 것이 생각났다. 나갔던 정신이 들어오자 집까지의 거리를 최단 시간으로 줄일 방법을 찾았다. 마침 스쿠터를 달달거리며 타고 오는 동네 아저씨가 보여 앞뒤도 볼 새 없이 빌려 타고 달렸다.

여기까지는 아주 좋았다. 바람도 좋고, 햇살도 좋고, 집에 가서 서류만 가져오면 모든 것이 잘되는 것이다. 그런데 멀리서, 아니 어쩌면 멀다고 느끼는 곳에서 헬멧 단속을 하는 경찰이 눈에 들어왔다. 아차 하는 순간 내 머리카락은 장바닥을 휘날리며 힘차게 얼굴을 때리고 있었다. 헬멧을 안 썼다고 걸리면 돈이, 참으로 벌기 힘든 돈이 날아갈 판이었다.

도망칠 골목도 없고 정차한 차 뒤에 숨을 수도 없어 마음이 서성이는데, '아, 구세주시여!', 내 옆으로 바람보다 빠르게 스쳐 지나가는 분이 계셨다. 그분은 바로 다방에서 일하는 여신이었다. 볼따구니에 분첩으로 칠하지 않아도 붉어지도록 찰싹찰싹 때리는 머리카락을 휘날리며 달려라! 달려!

잠깐 날아가는 그녀를 바라보았다. 그녀가, 여신이 퍼런 분들을 보고는 "오빠, 안녕!" 하고 손을 흔들며 쌩 지나가는 것이 아닌가. 그리고는 빠르게 골목을 찾아 들어갔다. 오, 저런 센스에 감동이 물밀듯이 밀려들어 왔다. 순간 나는 정말 이 세상에서 가장 환하고 예쁜 미소를 지으며 손을 흔들고 달려갔다.

"오빠, 안녕!"

나는 빠르게 골목을 찾아 이리저리 뱅글뱅글 돌다가 집에 도착했다.

무사히 일을 마치고 집에 돌아와 생각해 보니 웃음이 먼저 나왔다. 다른 차 붙잡고 씨름하던 퍼런 분들은 나를 보기나 했을까? 분명 한 명쯤은 봤겠지. 아니, 봤을 거야. 봐 달라고 애원하는 것도 아니면서 생각이 생각을 잡아당겼다.

그런데 그 잠깐 사이 울 엄니 레이더망에 걸려 버린 것이다. 이리 돌아가도 저리 돌아가도 만나게 될 운명은 반드시 만나

게 된다는 것을 나는 머리카락 휘날리며 알아 버렸다. 바글바
글 고사리를 삶고 있는 냄비가 꼭 울 엄니 속 같아서 이 눈치 저
눈치 돌아다니는 눈치를 보다가 슬쩍 엄니 엉덩이를 건드렸다.

"왜?"
"서류 놓고 와서 그랬어. 헬멧은 없고 경찰은 있고 해서 막
달린 겨. 잘못했어. 다시는 안 그럴게."
"또 그 지랄로 미친년처럼 달렸다가는 머리카락을 박박 밀
어 버릴 겨."
"스님 만들려고?"
"미친년보다야 스님이 천만 배 낫지."

절에 살 때는 스님이 될까 봐 전전긍긍하던 분이 이제는 스
님이 돼도 괜찮다고 말씀하시니 어찌 해야 하나. 고사리 삶는
냄새가 구리구리하게 거실을 떠다니다가 내 코끝에 앉았다.

"고사리 삶는 냄새가 좋네."
"고사리도 푹푹 삶아야지, 삶다가 말믄 질겨서리 넘의 이빨도
다 부러진다니께. 접때 보니께 나무가징이 씹는 것처럼 딱딱해
서리 먹다가 뱉어 버렸당께. 뭐든 정성이여. 고사리 끊어 삶아

말리는 건 고사리헌티 독이 있어서 그런 거여. 사램 침도 독이 랑께. 거시기, 벌러지한테 침 뱉어 봐. 금방 뒤집히지. 그저 삶고 말리고 다시 삶아 묵어야 배 속에서 지대로 소화가 된다니께."

　당연한 말씀이다. 뭐든 정성이다. 뻣뻣한 고사리 삶아서 물 기를 쪽 빼고 양파, 마늘, 참기름, 깨소금, 조선간장 살짝 넣고 조물조물 무쳐서 양념이 고사리에 살포시 배일 때까지 기다 렸다가, 불 위에 달달달 볶아서 밥상 위에 놓으면 된다. 고사 리 특유의 냄새 때문에 싫어하는 사람도 있겠지만, 나처럼 무 턱대고 산나물에 들이대는 사람은 신이 난다.

　엄니 말씀에 따르면 제사상에 고사리를 놓는 이유는 귀신 이 좋아하는 음식이기 때문이란다. 뭐, 엄니 말씀 뒤에 따라붙 는 옛날이야기가 있는데, 진짜인지 가짜인지는 잘 모르겠다.

　엄니의 고향은 보령에서 30분 떨어진 주산이다. 그곳은 작 고 작은 동네지만, 유명한 사람들이 많이 나온 고장이라고 나 름 주장을 하신다. 그렇다고 맞장구를 쳐 주긴 해도 두 사람 빼 놓고는 잘 모르겠다. (임영조 시인, 문동만 시인)

　엄니가 살던 집 옆으로 몇 번째인지는 모르겠지만, 외할아 버지 친구분이 막걸리 한잔하자고 오셔서는 툇마루에 앉아 먼 산만 바라보았다고 한다. 한참을 바라보던 친구분이 처음 꺼내 놓은 말씀이 이랬다.

"어젯밤 아부지 제사 잘 치르고 잠을 잤는데, 글쎄, 꿈에 아부지가 찾아와서는 '내가 오랜만에 자식새끼가 차려 준 밥 먹으러 왔더니만 구렁이 한 마리가 상 위에 앉아 있구나!' 하시고는 휘청휘청 대문 밖으로 나가시더라고."

친구분은 어찌 된 영문인지 몰라서 아침에 제사 음식을 뒤적거렸단다. 그랬더니 제사상에 올린 고사리나물 속에서 긴 머리카락 하나가 나오더라고, 참말로 놀라서 아부지 사진 붙잡고 잘못했다고 여러 번 빌었단다.

그런저런 얘기가 오고 가고 두 분이 막걸리 드시러 나간 사이에 어린 엄니는 진짜 귀신이 있는 줄 알고 벌벌 떨었다고 한다. 그만큼 제사 음식은 정성에 정성을 더하라는 말씀이다. 물론 모든 음식에도 말이다.

겨울 가뭄 여러 날에 봄볕이 드는 듯 마는 듯, 부숭부숭 봄나물 꽃들이 몸 비비고 나오면 다시는 머리 풀고 오토바이를 타지 않으리라. 언제 어느 때 엄니의 매서운 눈빛이 내 머리채를 잡을지 모르니. 아, 이제는 다 탔구나. 다음에는 꼭 머리를 묶고 타리라, 마음을 다졌다.

•recipe•

고사리 볶음

꺾어 온 고사리를 삶아 햇빛 잘 드는 곳에 바짝 말린다. 한숨 말린 고사리는 볶으면 꼬들꼬들한 게 씹히는 맛이 일품이다.

팔팔 끓는 물에 말린 고사리를 넣는다. 푹 삶아질 때까지 기다리다가 밥을 하듯이 뜸을 들인다. 봄 가뭄에 알이 차지 않은 쪽마늘을 다져 잘 삶아진 고사리에 한 줌 넣고 조선간장, 참기름, 식용유를 두른 뒤 밑간을 해 둔다. 자작자작 물도 살짝 넣어 주고, 양파를 쭝쭝 썰어 넣고, 입맛에 맞는 대로 고추나 조갯살을 넣어도 좋다.

나는 줄기가 탱탱한 고사리를 좋아하는데, 비빔밥에 넣기보다 그냥 밥 한 술에 한 줄기씩 입안에 넣는 게 좋다. 먹는 방법은 다양하겠지만, 나는 그렇다는 말이다.

○

놀부
귀신

아 귀 매 운 탕

● ○○도 놀부 귀신

놀부, 놀부 해도 이런 상놀부가 없다. 호랑이가 담배 피우던 시절, 그쯤 되는 이야기보다도 고약한 현대판 놀부가 전자 담배 피우는 시절에 나타났으니, 바로 ○○도 놀부 귀신이다.

호랑이 담배 피우던 시절에 살았던 놀부는 인정이라도 있어서 흥부 볼따구니에 밥풀이라도 붙여 주고, 막판에는 박을 잘못 쪼개서 이 꼴 저 꼴 드런 꼴 다 보다 자기 죄를 뉘우쳐서 흥부와 잘 살았다. 하지만 이 현대판 놀부는 인정이라고는 찾아볼 수 없는 안면 몰수, 팔뚝 문신 불끈, 가래 정조준 발사 귀신이었다.

○○도 놀부는 아부지를 거쳐 할아부지에 증조부, 고조부한테 물려받은 돈이 섬 전체를 사고도 남아서 돈놀이를 그냥 재미 삼아서 했다. 이 염병할 것은 동네 어르신들 굴 까서 판 돈, 조개 캐서 판 돈, 대수리 잡아 판 돈이 마치 자기 돈인 양 돈으로 저글링을 서슴없이 했다. 하긴 섬사람들 대부분이 놀부한테 돈을 빌려 쓰는 형편이라 아무 말 없이 갚아야 하지만, 이자 꼬리가 워낙 길어서 '그거 갚다가 허리 꾸부러지고, 조개 캐다가 저승길 가겠다'고 뒷구멍으로 욕하는 사람이 고깃배 쫓아오는 갈매기보다도 많았다.

제날짜에 돈을 갚지 않으면 기다렸다는 듯이 찾아와서는 개를 진짜로 패대기를 쳤다. 세숫대야가 날아다니고, 밥그릇이 우물 속에서 수영하고, 비닐 덧댄 유리창이 사정없이 깨졌다. 그래 놓고는 무슨 인심이나 쓰듯 사람한테는 전혀 해를 입히지 않았다. 날이면 날마다 오고 달이면 달마다 오는 것이 있었으니, 피하고 싶어도 피할 수 없는 놀부 귀신이었다.

태풍 지나고 나면 고요함이 물밀 듯이 밀려오고 주변이 깨끗해진다. 이때 들렸던 흉흉한 소문이 사람들을 아주 조용히, 그리고 서늘하게 웃음 짓게 했다. 아귀매운탕을 겁나게 좋아했던 놀부가 아귀 배 타고 나가서는 흔적도 없이 죽었다는 것이다. 확실한 것은 태풍이 온다는 소식을 알고서도 배를 탔다는 것이다. 그래, 죽으려면 눈에 뭔가가 쓰인단다. 놀부 눈은 이미 저승사자를 마주하고 있었을지도 모른다.

한동안 섬은 고깃배를 쫓아오는 갈매기 울음소리처럼 소란스러웠다. 놀부가 진짜 죽었는지 살았는지는 아무도 몰랐다. 놀부 시체를 본 사람도 없고, 놀부가 타고 나갔던 배가 돌아왔다는 소식도 없었다. 그렇게 배 타고 나간 날을 제삿날로 하여 놀부 아들이 제사상을 차렸다.

● 눈물 젖은 항구

상달호가 파도를 가르고 항구로 들어서자 갈매기가 먼저 맞이했다. 천천히 속도를 줄이며 접안한 상달호의 물고기를 어판장에서 일하는 사람들이 받아 올렸다.

"오늘은 좀 잡혔나?"
"엄한 놈만 올라와서리 당체 뱃일도 못 나가겠다니께."
"요즘 얼마나 잽히는디 그려?"
"넣었다 허믄 잔챙이만 올라온다니께."

"올해 들어 유독 더 그러는구만."

"그나저나 아구는 올매나 잡혔남?"

"쪼까 잽혔는디……. 요즘 하두 많이 잽히니께 값도 싸게 나가고, 배 지름값도 안 나오고. 잠깐 접어야 허는 거 아닌지 모르겄당께."

"오째 오늘은 죄다 아구뿐인가 모르겄네."

"당체 잡히지를 않어."

"아구 장이구먼."

들어오는 배 족족 아귀만 가득하다는 소리에 정섭이 아저씨는 담배를 거칠게 한 대 뽑아 피웠다.

"뒈지게 심들게 일허믄 머혀. 값도 못 받고 죄다 넘기는디."

"그렇다고 젊어지고 살 겨?"

"그러지도 못허니께 환장허지."

정섭이 아저씨 그늘 속으로 들어온 창주 아저씨는 상달호 깃발처럼 흔들거렸다. 이를 놓칠세라 피어오르는 담배 연기 사이로 빤히 바라보던 정섭이 아저씨가 우럭 지느러미 침에 맞은 얼굴로 한마디 던졌다.

"오디 아픈감?"

"아녀."

"근디 왜 그려? 시리시리헌 게 꼭 금방 엎어질 사램 맹키로."

"……."

"뭔 일이 있고만. 뭐여? 마누라가 속 썩이남?"

"아녀……."

"아따, 드럽게 뜸 들이는구먼. 거시기, ○○도 송 씨도 놀부헌티 돈 떼이고 마누라는 집 나갔다고 말술 마시다가 암 말도 못 허고 저승 갔잖여. 자네는 그러지 말어. 속으로 꽁허다가 저승 간다니께."

"……."

"한 오백 년은 살 줄 알았던 놀부도 갔잖여. ○○도 놀부야 그리 갈 줄 알았다니께. 너무 욕심을 부리믄 안 되는 겨. 섬이라고 혀 봐야 손바닥만 헌디, 집집이 손 안 뻗은 곳이 오디 있어. 지가 무신 담쟁이 넝쿨이라고 사램 목숨 줄 잡고 쥐락펴락혀대더니 벼락 맞아 뒈진 겨."

"거시기……, 우리도 당했어."

"뭐여? 그람 그 씨부랄 놈이 자네 목숨 줄을 쥐락펴락헌 겨?"

"에휴, 배 고친다고 빌린 돈이 삼백인디, 이자 땜시롱……."

"흐미, 아주 밴댕이 속을 파먹었구먼. 맨날 놀다시피 허믄서 아구 잡으러 다니더니만. 그러니께 아구 구신이 잡아간 겨. 그리 욕심이 많으니 아구 구신이 안 잡아가고 배겨! 근디, 그라믄, 거시기, 놀부가 뒈졌으니께 돈 안 갚아도 되겠구면."

"그게……."

"본인이 뒈졌는디 몬 상관이여."

"아들놈헌티 빌렸거든."

"아, 놀부보다 놀부 새끼가 더한 놈일세. 근디 얼마나 갚아야 하는 겨?"

"이백."

"그거 갚으믄 다 되는 겨?"

"근디 이번 주까지 갚으랴. 자기 ○○도 떠난다고."

"잉? 며칠 남지도 않았구면. 쥐 새끼도 구멍을 보고 쫓는다는디, 사램 새끼는 족을 치고 자빠졌구면."

한숨 가득한 바람이 갯내를 물고 달려왔다. 창주 아저씨가 화장실에 다녀오겠다며 자리를 비운 사이 정섭이 아저씨가 어판장에 고기를 모두 올려놓았다. 파도를 밀고 오는 배들은 척척 줄지어 서고 빠지고를 반복했다. 오줌을 흘렸는지 바지를 털고 오던 창주 아저씨를 보고 정섭이 아저씨가 불렀다.

"저그, 거시기, 나가 돈 빌려줄 테니께 걱정하덜덜 말고 일 혀. 돈은 생길 때 주고."

"잉? 자네……, 제수씨가 뭐라 하믄……."

"상관읎어. 내 돈 가지고 내가 빌려주겠다는디 어쩔 겨. 아주 지랄만 혀 봐! 다리몽댕이를 똑 부러트릴 테니께. 암 소리 말고 낼 봐!"

"……."

놀부는 깊고 푸른 바다에서 죽고, 놀부 아들은 ○○도를 떠나기로 하고, 창주 아저씨는 정섭이 아저씨 땜시롱 웃음을 가지고 갔다. 상달호 깃발이 유독 멋지게 펄럭이는 날이었다.

아귀매운탕

다시마 넣고 국물을 팔팔 끓이다가 무를 넣고 다시 끓인다. 집집마다 국물을 내는 방법이 있지만, 우리 집은 무로 낸 국물을 좋아한다. 무를 넣고 다시 한소끔 끓어오르면 잘 손질한 아귀를 넣는다.

미리 양념장을 만들어 놓으면 좋겠지만, 늘 준비가 되어 있지는 않으니 너른 마음과 손길이 필요할지도 모른다. 양념으로 간장 두세 숟가락에 마늘, 고춧가루, 고추장, 참기름 슬쩍 넣고 닥닥닥 섞어 놓는다. 양파, 파, 미나리, 쑥갓, 매운 고추는 국물 맛을 내는 데 일등.

그저 한 숟가락, 두 숟가락이 문제가 아니라 집안마다 맛이 다르니 내 입맛에 맞은 방법으로 간을 보면서 끓여야 한다. 바글바글 끓인 아귀매운탕, 그 맛은 각자의 입맛에 달렸음을.

외계인에게 납치된
상어호

간   장   게   장

○ ────────────────

●땅굴

담을 타고 날아다니는 간장 달이는 냄새가 코끝을 들썩이
며 들큼하게 났다. 코의 감각이 아주 뛰어난 개는 이미 내 몸
에서 나는 냄새와 간장 냄새를 구분하고는 꼬랑지를 허공에
흔들고 있었다.

"엄마! 오늘 간장 끓여?"

"아따, 콧구녕 하나는 지대로 뚫렸다니께. 오째 비염 앓는 년이 간장 냄새는 귀신같이 맞히는가 몰러."

엄니가 직접 담근 간장에서는 단내가 난다. 하긴 외할머니한테 배운 장 만드는 솜씨가 어디 갈까. 다른 사람들은 안 넣는 아주 큰 갱엿을 짠 간장에 넣어 둔다는 거. 그것이 세월 따라 천천히 녹으며 간장 맛을 달달하게 바꿔 준다. 어른들의 지혜는 어디서 빌려 쓰려고 해도 빌릴 수가 없다.

서해 꽃게는 오월과 시월에 가장 살이 통통하다. 오월 꽃게는 암컷이 제맛이고, 시월 꽃게는 수컷이 제맛이다. 오는 계절에 따라 맛이 달라지듯이 시장으로 나오는 꽃게 가격도 금값이었다가, 은값이었다가, 고철값이었다가, 들쑥날쑥 무슨 코스피 지수처럼 왔다리 갔다리 한다. 싼값에 실한 놈을 만나는 것도 꽃게 먹을 복 중에 하나다.

게장에 넣는 간장에서는 계피 냄새가 흐르고 단맛도 스친다. 대파를 많이 넣으면 매운 내가 흐른다. 무엇을 넣고 끓이든 간에 냄새는 간장에 무엇이 들었는지 정확하게 말해 준다. 콧구멍을 통해 뇌가 냄새를 맡는다고 엄니에게 잘난 척했다가 한 방 먹었다.

"그럼 니년이나 나나 달고 있는 콧구녕은 다 땅굴인 겨?"

●별만 붙잡고 울고 있었다

내 친구 영식이 삼촌은 상어호 타고 바다에 나갔다가 돌아
오지 못했다. 파도를 가르고, 바람을 잘 타며, 가장 날렵하고,
바다에 강한 배가 되라고 지은 상어호의 흔적은 어느 곳에서
도 찾을 수 없었다. 무선을 있는 대로 때려 봐도, 레이더망을
돌려 봐도 상어호는 나타나지 않았다. 외계인에게 납치된 게
분명하다고, 온 동네 쑤시며 술 얻어먹고 지랄이 풍년 든 것처
럼 헛소리를 해대는 고무신 아저씨가 영식이 삼촌의 엄니 속
뒤집히게 밤마다 나발을 불었다.

오월 꽃게 팔아 혼자 사는 엄니에게 텔레비전 좋은 거 사다
드린다고 약속 아닌 약속을 건네 놓고 새벽별 밟아 배에 오른
후 캄캄이다. 영식이 장화 신고 나가던 그날 밤도 이리 별이 깊
었다고, 영식이 삼촌 엄니는 날마다 놓쳐 버린 아들 그리며 바
다를 바라봤다. 아들이 집을 나선 시각이면 어김없이 일어나
대문 앞을 서성거리다 밖으로 나가 하염없이 눈물을 훔치다
들어왔다. 혼백이라도 있으면 벌써 왔다 갔을 텐데, 엄니 옷자
락 한 번 흔들고 갔을 텐데 아무 기별도 없다고, 애꿎은 별에게

소리를 지르다가 별빛 붙잡고 대성통곡을 했다.

　꽃게잡이 배가 들어온 날에는 영식이 삼촌 엄니가 선착장에 앉아 깃발부터 확인했다. 그리고는 한숨을 여러 번 내쉬고 무릎을 두드리며 일어나 휘청휘청 바람처럼 사라졌다.

"영식이 엄니 아녀?"

"잉, 오늘도 또 나오셨구먼."

"저리 나오시다가는 병나실 텐디……."

"그나저나 영식이하고 함께 탔던 조선족 사램도 못 찾았지?"

"그렇다더구먼. 배도 못 찾고."

"부서진 조각이라도 있을 텐디 떠다니는 게 읎으니……."

"몇 날을 찾아봐도 암것도 안 나왔다니께. 참말로 구신이 곡할 노릇이여. 통신이 끊긴 지점으로 사방을 찾아봤다는디도 암것도 걸리는 게 읎대. 도대체 오디로 간 겨."

"긍께 말여. 거기는 경계도 아니라더구만."

"배 통째로 읎어졌다니께."

"해적헌티 당한 거 아녀?"

"에이, 무신 해적이여. 해적이 오딨어?"

"아니, 이 냥반이 소식도 못 들었나 보네. 접때 호랑도 사램이 꽃게 잡으러 나갔다가 해적헌티 당했다더구만. 잡은 괴기다 주고 두 손 싹싹 빌믄서 목숨만 살려 달라고 애원했다더만."

"오찌 알어. 내 눈으로 보지 않았으믄 말두 말어. 하두 그짓말허는 시상이라 믿을 수가 있어야지."

"자네는 속고만 살었나. 오째 그리 믿음이 읎어."

"그려, 나는 속고만 살았당께. 믿음은 개나 줘 버리라고 혀. 해적은 무신, 바다 깡패믄 몰라두."

"그거나 저거나 뭐시 달러?"

"한글을 똥구녕으로 배웠구먼. 오째 그거나 저거나가 같은가 모르겄네."

"하여튼 이 사램하고는 말을 질게 못 혀. 무신 쿵짝이 맞어야 허지."

"허지 말어. 나도 자네 말에 대꾸허기 입 아프니께."

묵묵히 일하던 인도 사람이 두 양반 얘기를 알아들은 것처럼 환하게 웃었다. 펄럭펄럭 날리는 깃발 사이로 갈매기가 지나갔다. 그늘을 등지고 앉아 먼 바다만 바라보던 영식이 삼촌 엄니의 한숨이 두 숨이 되어 흘러갔다.

간장게장

끓인 다시마 물에 간장을 넣고 다시 끓인다. 집안마다 짜게 먹는 집도 있을 것이고, 덜 짜게 먹는 집도 있을 것이다. 각자 입맛에 맞추시기를!

간장이 바글바글 끓고 있다면 매운 고추, 양파, 마늘을 알아서 넣고 약방에 감초도 두어 개 넣어 끓였다가 식힌다. 잘 다듬은 꽃게에 식힌 간장을 부었다가 다음 날 간장을 꺼내 바글바글 끓인 후 식혀서 다시 붓는다.

삼 일 정도 숙성시켜서 먹으면……. 무슨 말이 필요할까. 먹어 보지 않아도 입에 침이 돈다! (꽃게는 배때기부터 까시라. 암수 구별도 배때기를 보고 한다.)

도라지 도라지 빽!
도라지

도   라   지   무   침

그리하여 온 도시와 시골을 속속들이 파고들어 점령한 놈
이 메르스라는 괴물이었다. 물론 잔잔하게 떠다니는 이름 모
를 바이러스 괴물이 바람을 타고 왔다리 갔다리 하다가, 또 다
른 이름을 붙들고 사람 마음을 두렵게 하며 세상 밖으로 나올
것이다. 하여, 염분이네 할매가 뒷짐 지고 휘적휘적 걸어가다
가 누런 기침을 한 무더기 쏟아 놓자 깜짝 놀란 어린 깻잎이
화들짝 뒤집혔다.

"드러워 죽겠네. 오째 작년에 든 감기가 여즉까정 가는지 모르겠네. 이게 도대체 몇 달째여. 참말로 죽겠구먼."

혼잣말을 하늘에 중얼대며 코를 팽 풀고 소로를 걸어가는데, 멀리서 방울이 할매가 손짓을 하며 불렀다.

"뭔 일 있는감?"
"가차이 와서 말혀. 암 소리도 안 들리니께."
"귓구녕에 보청기는 왜 찼나 모르겠네."

구시렁구시렁 꼬부랑길이 눈앞에 펼쳐졌다. 구부정한 허리를 뒷짐으로 받치고 노란 코스모스 길을 걷다가 풀 가지를 끊어서 입에 문 염분이네 할매는 연신 코를 소매로 훔쳤다.

"뭔 일이여?"
"야그 못 들었는가베."
"엊저녁 지붕에 똥 싸고 가는 참새 소리는 들었어도, 나는 당체 암 소리도 듣지 못했구먼."
"거시기, 지침허는 냥반들은 경로당에 오지 말고 집에 있으라고 하더만."

"잉? 이건 무슨 개 풀 뜯어 묵는 소리여?"

"참말로 뉴스도 안 보는가베. 맨 드라마만 보니께 시상이 오치께 돌아가는지도 모르지. 거시기, 메, 메, 메……. 암튼 염병처럼 도는 것 땜시롱 시상에 난리가 났는디, 오째 까마귀 괴기를 삶아 묵었나, 소식이 깜깜이여. 거 오디여. 잉, 겁나게 더운 나라에서 온 거라는디, 낙탄가, 박쥐 새끼인가, 거시기가 사램헌티로 옮겨 다닌다고 그러더만. 지침하고, 가래 나오고, 열나는 냥반들은 경로당에 오지 말고 집에만 있으랴. 노인네들 옮기믄 저승길이 코앞이라고, 당체 바깥출입을 허지 말라고 이장이 연설했다드만."

"씨부랄, 시방 나헌티 하는 소리여? 잉?"

"참말로 귓구녕에 쇠말뚝을 박었나. 자네헌티 허는 말이 아니라 지침허는 냥반들헌티 하는 소리여."

"나가 시방 일 년 열두 달을 지침허믄서 살어. 그게 나헌티 하는 소리지 누구헌티 하는 소리여? 나가 감기에 걸리고 싶어서 걸린 것도 아니고……. 켁켁, 지가 내 목구녕으로 들어와서리 좌정허고 앉아 나갈 생각을 안 허는디, 나보고 어쩌라고 안팎으로 난리여, 시방."

"난 모르겄고, 헐 말 있으믄 이장헌티 가서 혀. 난 이차저차혀서 이렇다는 말만 했으니께."

"살다 살다가 이런 그지 같은 경우를 다 보고 사네."

"거시기, 마스크도 쓰고 댕기라네. 나도 있는가 모르겄네. 접때 사 둔 게 있긴 헐 텐디."

던지다 만 말을 주섬주섬 주워 들고 집으로 쏙 들어간 방울이 할매 뒤로 멀찌감치 떨어진 염분이네 할매는 오는 바람에 휘청휘청하는 감나무처럼 덩그러니 서 있었다. 쌕쌕거리는 숨소리가 새소리와 함께 흩어졌다.

"오째 이 나이 묵을 동안 한 번도 보지 못한 동물 땜시롱 나가 이런 천대를 받아야 하는 겨. 참말로 나라 꼴이 그지 같구먼."

목구멍에서 끌어올린 가래를 방울이 할매 고추밭에 거칠게 뱉었으나, 힘이 달려선지 바지에 떡하니 붙어 버렸다.

"참말로 가지가지 허네."

어린 호박잎을 떼서 바지에 묻은 가래를 닦아 내고 뒤돌아서 길을 가던 염분이네 할매가 이장네 집으로 발길을 돌렸다. 염분이네 할매 머릿속은 가뭄도 아닌 메르스가 온통 차지했

○   45

다. 밥숟가락 놓고 기력 떨어져 감기로 죽은 사람은 봤어도 쎄 빠지게 더운 거시기 나라에서 온 병 때문에 죽은 사람은 못 봤다고, 한 많은 세월을 겹겹이 한숨으로 채웠다.

"이장 있는가? 여봐? 켁켁……."

기침을 한바탕 해댄 염분이네 할매가 대문을 잡고 쌕쌕거리는 가슴을 살살 달래었다. 멀뚱거리며 바라보던 이장네 개가 기침이 끝나기가 무섭게 왈왈거리며 짖어 댔다.

"힘들어 죽겠구먼 왜 기냥 짖나 모르겠네. 시끄러! 저 시키는 맨날 보는 얼굴도 잊어버려. 개 대가리가 새 대가리만 못 허는구먼."

주섬주섬 가슴을 챙기며 그늘로 들어섰다. 논에 다녀오는지 이장이 삽 들고 햇볕을 휘저으며 오다가 염분이네 할매를 보고는 얼른 달려왔다.

"온제 오셨대유?"
"아까 왔는디, 저놈이 지랄 맞게 짖는구만."

"야그는 들으셨쥬? 마스크 쓰고 댕기시라고……."

"나가 그것 땜시롱 왔어. 그게 몬 소리여?"

"이상한 병 땜시롱 나라가 흉흉해서리. 지도 면사무소 들어
갔다가 깜짝 놀랐다니께유. 죄다 얼굴에 마스크를 쓰고는 귓
구녁에 온도계를 갖다 대지를 않나, 손에 뭐를 발라 대지를
않나, 난리드라구유. 긍께 아주머니두 언능 가셔서 손발 깨까
시 씻고 집에 계셔유. 이런 때는 집에 있는 게 상책이구만유."

"거시기, 자네 말은 나 같은 사램은 돌아댕기지 말구 집구석
에 처박혀서 밥이나 묵고 있으라는 말이잖어. 켁켁……."

염분이네 할매에게서 나는 쌕쌕, 켁켁 소리에 이장은 삽자
루를 들고 밭을 파는 척하며 멀찌감치 떨어졌다.

"아주머니, 혹시 집에 도라지 있슈?"

"뭐 땜시?"

"도라지가 기침에 좋다는디유. 읋으믄 드리게유."

"나가 무신 도라지가 필요혀. 접때 병원서 준 약이나 퍼먹다
죽으믄 그만이지……. 그래도 혹시 모르니께 있으믄 줘 봐."

삽을 흙더미에 꽂아 두고 서둘러 집으로 들어간 이장이 한

봉다리 도라지를 가지고 나와 염분이네 할매 손에 들려 줬다. 그리고는 서둘러 삽이 세워진 밭으로 가서 엄한 땅을 파는 척 하며 깨작거리기 시작했다. 봉다리를 받아 든 할매가 굽어진 허리를 고양이처럼 쭉 펴며 가래를 이 길바닥, 저 길바닥 뱉 으며 걸었다.

"도라지~ 도라지이~, 켁켁, 빽! 도라아~지 시임~심 사안~ 천에~, 켁켁, 빽! 도라~지."

염분이네 할매가 큰 소리로 부르지도 못하고 쌕쌕, 켁켁거리 며 조그마하게 부른 노래가 〈도라지타령〉이었다. 노래 부르다 가 갑자기 나온 기침 때문에 '빽!'에 힘이 팍 들어가자 지나가 던 바람이 머뭇거리다가 그냥 머리카락 한 줌 훑으며 흩어졌다.

"아이고, 염병 땜시롱 죽는 게 아니라 집에 가다가 심들어 죽 겄네. 그나저나 논문서 땜시롱 그리 뻔질나게 드나들던 놈들 이 왜 안 오나 했더니, 염병 땜시롱 깜깜이었구먼. 참말로 죽 기는 싫은가베."

가릉가릉 끓는 속을 가르며 집으로 가는 길은 저승길보다 더

먼 것 같아서 가다가 쉬고, 가다가 쉬었다. 쉬다가 가는 밭머리에 먼저 핀 도라지꽃이 낭창낭창 흔들리고 있었다.

○

도라지무침

오래 묵은 도라지에는 신령이 깃들어 있어 산삼처럼 대한다는 어느 할매 말씀을 감동하며 들은 적이 있다. 도라지를 돌려 벗겨서 소금으로 조물락조물락한다. 남들은 쓴맛을 우려내고 먹지만, 나는 쓴맛을 즐겨 먹는다. (그래도 씀바귀무침은 영 먹기가 거시기하다.)

쓴맛을 우려낸 도라지를 각자 입에 맞게 잘라서 고추장 한 숟가락, 고춧가루는 알아서, 깨소금은 손가락으로 살짝 짓이겨서 뿌려 준다. 설탕은 조금, 식초는 새콤하게 먹을 만큼만 넣는다. (나는 정말 식초를 좋아한다. 해서 다른 분들은 한 숟가락 넣을 때 나는 두 숟가락 넣는다.) 물엿은 마지막에 넣고 조물조물 무친다.

집집에 작년에 담아 둔 도라지 효소가 있다면 쭈욱 따르다가 멈춰라! 도라지무침에 도라지 효소가 더해져서 더 깊은 맛을 낼 것이다. (이때 양파나 오이를 넣고 무치기도 한다. 도  라지 맛을 제대로 즐기려면 다른 건 빼고 무친다.) 아, 먹고 싶다.

까마귀 정기를 받은 할배

물 잠 뱅 이 탕

● 이름하여 박화수분

저, 쩌그, 거시기, 그러니까 오서산에 까마귀 정기를 받고 태어난 이가 있었으니, 그분은 바로 지못골에 사는 박화수분 할배였다. 아들을 얼마나 귀히 여겼는지, 오죽하면 재물이 끝도 없이 넘치는 삶을 살라고 이름까지 화수분이라 지었을까. 이름을 부르기에는 좀 거시기해도 뜻만은 대단하였다. 이름값 하느

51

라 농사짓는 족족 이문을 남겼고, 돈은 슬금슬금 문지방을 넘어 기어들어 왔다. 화수분은 역시 화수분이었다.

박화수분 할배가 태어나자 몇 가구 살지 않던 지못골에 잔치가 벌어졌다. 박화수분 할배의 엄니가 태몽으로 강물 속에서 예쁜 보석 여섯 개를 줍는 꿈을 꾸고는 내리 여섯 명의 딸을 낳다가 마지막으로 낳은 자식이 아들 박화수분 할배였다는 거. 당신 치마 속으로 들어왔다는 활활 타는 불덩이가 박화수분 할배였다는 거. 태몽을 꾼 뒤로 분명 아들이 들어선 것이라는 점쟁이 말에 새벽마다 정화수 떠 놓고 비손을 했다고 한다. (근데 내가 들은 태몽이 모두 비슷한 건 왜일까.)

아들 못 낳았다는 죄로 이 눈치 저 눈치, 앞뒤 눈치 다 보다가 여러 해 동안 배만 남산만 하게 불러서 앞으로 뒤뚱, 뒤로 뒤뚱거리다가 마지막으로 아들을 낳았지만, 시댁 입심이 까마귀산 꼭대기에서 호령하는 호랑이맹키로 어흥이라, 아들 낳은 유세는 뒷전이고 얼굴 볼 새도 없이 날이면 날마다, 달이면 달마다 집안일에 들일에 허리 펼 새도 없이 일하다가, 평생 허리한번 펴 보지 못하고 저승길 밟으셨다는 박화수분 할배의 엄니. 그래도 금이야 옥이야 내 아들이라고, 있는 정성 없는 정성 빌리는 정성까지 합해서 박화수분 누나들 뒤로하고 애지중지 귀하게 키웠다.

●태양의 기운이여 솟아나라! 뿅뿅!

까마귀는 머리가 좋아서 반짝이는 것들은 죄다 물어다가 자기 둥지에 넣어 둔다. 그리 머리 좋은 까마귀가 생김새와 울음소리 때문에 재수 없는 새로 떨어져 버렸다. 한창 잘나갈 때는 태양의 기운을 받아서 신령스러운 새로 받들어 모셔졌지만, 염병에 까마귀 소리를 듣는다고 어둡고 불길한 재앙으로 여겨졌다.

그래도 박화수분 할배는 제대로 불같은 까마귀 기운을 받아서 하는 일마다 잘되니, 이보다 좋을 수가 있을까. 추수해서 쌀이 한 포대라도 더 나온 해는 쌀값이 껑충 뛰었고, 배추 농사지어서 내놓은 해는 배춧값이 벼룩 뛰듯이 펄쩍 뛰었다. 지못골 동네 사람들도 박화수분 할배가 짓는 농사를 뱁새눈으로 바라보다가 똑같이 지어 이문을 남겼다.

이처럼 하는 일마다 잘되니 집에 재물이 쌓이고 웃음꽃이 만발할 듯했으나, 속 모르는 사람들이 하는 말은 어디까지나 속 모르는 소리였다. 아들 귀한 집안에 재물은 넘쳐 나도 아들은 넘쳐 나지 않았다. 딸들만 얼키설키 방울토마토처럼 빨갛게 매달려 있을 뿐, 아들은 보이지 않았다.

결국 박씨 집안의 대는 박화수분 할배에서 끝이 났다. 여기저기서 양아들이라도 보라는 둥, 친척집 아들 데려다가 대를

○

이으라는 둥, 첩을 들여 애를 낳으라는 둥, 씨받이를 하라는 둥, 둥둥둥 별의별 소리를 해도 귓등으로 듣는 둥 마는 둥, 벌 떼가 귓가에 윙윙대도 손사래를 치는 둥 마는 둥 했다.

딸년 말 잘 들으면 비행기 탄다고 내심 좋아라 했지만, 나이 팔십 줄 넘어 저승길로 달리는데도 비행기는커녕 배도 한 번 못 타 봤다. 사위들 모이면 구시렁구시렁 담배만 타들어 갔다.

"뭐 혀?"
"잉, 기냥 있어."
"한잔허게."

같은 동네 사는 남 씨 할배가 꾸부정하게 문 안으로 들어섰다. 방문을 열자 찬 바람이 가슴팍으로 훅 들어왔다. 남 씨 할배가 털모자를 벗으며 뒷짐에 얹혀 있던 작은 봉다리를 내려놓았다. 그리고는 산꿩이 산등을 치며 울고 가는 소리로 한마디 던졌다.

"접때 대천장 갔다가 사 왔는디 꾸득꾸득 잘 말랐더구먼."
"뭔디 그려?"
"잠뱅이."

늘그막에 쓸데없는 기력은 어디서 빌려 오는지, 잠뱅이 애기만 나오면 자다가도 벌떡 일어나 한 그릇 다 드시고 주무시는 박화수분 할배가 남 씨 할배보다 먼저 봉다리를 반겼다.

"참말로 이 추운데 욕봤구먼."
"살 것도 있고 혀서 나갔다 왔지."

찬물에 헹군 잠뱅이를 냄비에 넣고 간장과 고춧가루, 마늘에 신김치 쫑쫑 썰어 넣고 바글바글 끓인 잠뱅이탕을 가운데 두고 후루룩후루룩 입천장이 다 벗겨지도록 먹었다. 꾸부정한 산이 뜨끈한 국물을 바라보다가 소주 한잔 넘어가는 '캬!' 소리에 바로 돌아앉았다.

● 불알 공격

"참말로 오지게 춥네."
"긍께, 접때는 고라니가 우리 집 부엌까지 들어왔다니께."
"얼매나 추웠으믄 아궁이를 찾아 들어왔겄어."
"긍께, 오줌 싸다가 불알도 얼게 생겼당께."
"얼 불알은 지대로 달리기는 혔어? 나는 애초에 떨어진 줄

○   55

알았더니만."

문풍지를 때리는 찬 바람보다 갑작스런 남 씨 할배의 불알 공격에 어쩔 줄을 모르던 박화수분 할배가 허리춤을 붙잡고 벌겋게 소리를 질렀다.

"이런 씨부랄을 봤나. 니가 내 불알 봤어?"
"왜 그려? 목구녕으로 국물 넘기다 말고. 흥분허지 말어."
"왜 건드려? 나도 어지간허믄 기냥 넘어가겄는디, 니가 쬐깐 헐 때부터 나헌티 지랄혔잖어. 근디 대가리 허옇게 됐는디도 가끔 한번씩 사램 오장육부를 뒤집어 놓아. 참말로 잘됐어. 오 늘 기냥 한따까리 해 부릴 테니께."
"이 사램이 잠뱅이까정 사다 주니께 왜 그려? 목구녕에 잠뱅 이 가시 백힌 겨? 왜 이 지랄을 혀?"
"그니께 잠자는 내 불알 얘기를 왜 허냐고. 탱탱한 니 불알 얘기나 허지."
"춥다는 야그를 그리 했더만 뭘 그리 흥분하고 지랄이여? 참말로 자네 불알이 쬐깐헌 겨? 그러지 않으믄 흥분헐 일이 아니잖어."
"함 까서 뵈 주까? 뵈 줘야 암 말 안 허지."

56   o

"이거 목구녕에 넘기고 탱탱허지믄 뵈 줘 봐. 그럼 다시는 말 안 헐 테니께."

남 씨 할배는 소주를 맥주 컵에 한가득 부어 놓고는 박화수분 할배 손에 쥐어 주었다. 그러자 박화수분 할배는 모르는 척 컵을 쥐고 벌컥벌컥 들이켜더니 물잠뱅이 국물을 냄비 통째 들고 마셨다.

다른 일에는 그리 차분한 양반이 불알 얘기만 나오면 흥분을 했다. 어릴 적 누나들 속에서 자라서 그런지 사내 모습보다는 계집 모습이 가득했다. 목소리도 계집애처럼 작았고, 눈물도 많았으며, 소꿉놀이도 좋아했다. 그래서 동네 아이들한테 놀림을 많이 당했다. 불알이 없을 거라는 둥, 고추가 작을 거라는 둥, 달거리는 안 하냐는 둥 놀림을 받았다. 그때마다 박화수분 할배의 엄니는 막대기를 들고 동네 아이들을 쫓아다니며 화를 내곤 했다. 지금도 온 동네 사람들이 다 알 정도로 박화수분 할배의 불알 얘기는 웃기면서도 슬픈 전설 비스무리한 이야기로 남아 산등성이를 타고 다녔다.

"거시기, 내년 농사는 뭘 지을 겨?"
"알게 뭐여."

삐쭉거리던 입꼬리가 슬며시 올라간 박화수분 할배가 잡고 있던 바지춤을 내려놓고는 다시 잠뱅이 국물을 들이켰다.

"아무리 내 불알 가지고 백날 떠들어 봐야 내 손바닥이여. 알간?"
"니미, 씨불알 가지고 드럽게 지랄허네."
"그럼 니 불알은 씨불알이 아닌 겨? 그럼 장순이는 누구 딸이랴?"

박화수분 할배의 말 한마디에 남 씨 할배 꼼짝 못 하고 먼 산만 바라보았다. 아, 글쎄, 마침 허공을 치고 가는 산꿩 소리에 맞춰 잠뱅이 국물 넘어가는 소리가 맛있게 들리더라는 말씀!

물잠뱅이탕

겨울에 먹는 물잠뱅이탕은 참말로 최고다. 부르는 이름은 달라도 맛은 최고이니, 별미도 이런 별미가 없을 것이다. 보령 앞바다에서 잡히는 물잠뱅이는 후루룩 목구멍으로 넘어가는 소리가 부드럽다.

신김치 쫑쫑 썬 것과 쇠고기 얇게 뜬 것을 넣고 바글바글 끓이다가 물잠뱅이를 넣고 다시 끓인다. 매운 고추, 마늘, 소금으로 간하고 한 그릇 떠서 밥상 위에 놓으면 이만한 밥도둑이 없다.

아부지 저승 가시기 전에는 겨울철 올 때마다 손가락 세지 않고 먹었다. 아부지 가시고는 내가 한마디 해야 엄니가 끓여 주신다. 참말로 서럽다.

2부

신랑 방에 불 켜라,
각시 방에 불 켜라

닭 모가지 비틀어져도
봄은 온다니께

쭈 꾸 미 볶 음

● 알 빵빵 쭈꾸미

"이 서방은 오디로 갔댜?"

"어판장 쪽으로 나가 부렀어."

"올매나 입을 털었으믄 또 나가 부러."

"나가 뭘 털었다고 시방 난리여?"

"전쟁이 났간, 뭐시 난리여? 어지간혀야지, 끄떡하믄 꽁지 빠진 닭맹키로 쪼아 대니 목석같은 이 서방이 안 나가고 배겨?"

63

"알지 못하믄 암말을 마쇼, 잉."

"보나 안 보나 빤혀. 오째 사램이 그 모냥이여."

"아니, 이 냥반이 보지도 않고 이리 말을 막 허나 물러. 이 서방이 사람 말을 귓등으로 들으니께 그러지, 나가 뭐 땜시 막 내지르겄소. 당체 말귀를 알아듣는 사람을 데꼬 와야지. 오디서 사부렁사부렁거리는 인간을 데려와서 이리 사램 속을 썩이나 물러."

"이 여편네가 점심을 콧구녕으로 묵었나, 귓구녕으로 묵었나. 오째 승질부터 내고 그려? 그러니께 이 서방이 맴도 못 부치고 저리 밖으로만 돌지. 내 식구다 하고 안으로 끌어안아야지, 밖으로 내치믄 그게 뭐여? 개 새끼도 그리 내치지 않는다는디, 오째 사람이 그려?"

"객지 나가서 공부하라고 했더니, 오디서 사부렁사부렁거리는 물 건너 놈을 데려온 겨. 아주 내가 미쳐."

"당신이 데리고 살 것도 아니믄서 왜 그려? 참말로 내가 속 터져 죽겄구먼. 사람 집구석이 개 집구석보다 못허니, 참말로."

오랜만에 차 몰고 바닷가로 달렸다. 바닷바람도 봄바람이라 살랑살랑 코끝을 간질렸다. 이참 저참 알 빵빵하게 찬 쭈꾸미가 생각나서 창덕 할매네로 돌렸다. 차 가는 길옆으로 벼락

호가 퍼런 파도를 날리며 달렸다. 이쯤 되어야 벼락이다. 마른 하늘에 날벼락이 치듯 번쩍 내리꽂는 힘으로 달리는 벼락호가 곧 시야에서 사라졌다.

창덕 할매 댁은 대대로 뱃일을 해 온 집안이다. 배 한 척으로 사 남매도 키웠고, 창덕 할배 팔 한쪽도 바다에 내주었다. 아이들 배곯지 않게 덤으로 준 거라고 아무렇지 않게 얘기하시지만, 할매 말씀으로는 엔진에 딸려 들어가는 그물에 옷이 엉켜 한쪽 팔을 잃었다고, 빈 소매 펄럭이며 들어와 먼바다 보며 엉엉 울었다고, 가슴 아려서 환장하는 줄 알았다고 한다. 그리 아픈 몸으로 지금은 앙다문 팔 뭉치를 흔들며 쭈꾸미 통발을 던진다.

● 바람이 따뜻한 이유는 무엇일까

배 들어왔는가, 창덕 할매 흔들거리며 갔다가 대문 앞에 서서 들어가지도 못하고 갈 곳 잃은 햇살처럼 서성거렸다. 창덕 할매 입심은 부리 갈라진 딱따구리보다 단단한데, 그 입심으로 동네방네 입심깨나 세다는 할매 여럿 보냈다. 그런 할매 집으로 데릴사위 들어온 사람은 미국 사람이었다. 남들은 외국인을 며느리로 들인다는데, 둘째 딸년이 객지 나갔다가 눈 맞아 데리고 온 게 리처드라는 외국인 사위였다.

미국이 물 건너 있다는 것만 알았지, 캘리포니아가 콧구녕에 붙어 있는지, 배꼽에 붙어 있는지 모른다고 연신 말귀 안 통하는 이 서방과 각자의 언어로 통통거렸다. 날이면 날마다, 달이면 달마다 '컴 온, 땡큐, 노우'만 하고 있단다. 몸짓을 전부 동원해 일을 시키려 해도 알아듣지를 못하는데, 용케 밥 먹으라거나 술 마시라고 할 때는 잘도 알아듣는단다. 아마도 일하기 싫어서 미꾸라지마냥 살살 빠져나가는 것이라고 의심 아닌 의심을 하는 분은 창덕 할매다.

"뭐 땜시 왔남?"

담 밑에 쪼그리고 앉아 멀뚱거리며 지나가는 개미를 세고 있다가 창덕 할매 기침 소리에 깜짝 놀라 벌떡 일어섰다.

"몸은 어떠세요?"
"맨날 그렇지. 엄니는 워뗘?"
"고만하세요."
"넘들은 티코(유모차) 끌고 다니는디, 고만허믄 괜찮은 겨."
"혹시 쭈꾸미 들어왔나 해서요."
"읂어. 날도 풀려서리 잡힐 때도 됐는디, 소식이 감감이여. 웬

만허믄 집 찾아오는디, 올해는 워째 이 모냥인지 모르겄어. 맨날 지름값 대 가며 소라 껍다구만 넣다 뺐다 허는디도 당체 들어올 생각을 안 한다니께.”

“한 코라도 가져갔으믄 싶은디.”

“여러 사램이 맞춰 놔서 지금은 안 되고, 일주일 뒤에나 와봐. 내가 허리 복대 끊어지더라도 자네 것은 남겨 놓을 테니께.”

“네, 그럼 일주일 있다가 올게요.”

“엄니 보고 언능 자리 털고 인나시라고 전하고.”

“네, 할매도 무르팍 조심하셔요. 그리 일하시다가 덧나믄 안 되니께.”

주섬주섬 내 안으로 들어온 햇살을 챙겨 들고 걸었다. 뒷덜미로 쭈뼛거리며 들어온 바람이 따뜻한 이유는 무엇일까.

● 그렇게 오고 가는가 보네

“냉동실에 들은 거라도 보내지, 왜 빈손으로 보내고 그려?”

“그건 이 서방 주려고 남겨 놓은 건디 오째 준대.”

“아따, 그리 끔찍허게 생각하믄서 왜 지랄 맞게 소리를 지르나 몰러.”

"말귀를 못 알아들으니께 그러지, 참말로 미워서 그러는 것은 아니랑께. 다른 건 못 먹는디 용케 그 매운 쭈꾸미볶음은 먹드라구. 봄맛은 저 물 건너 사램도 아나 보드라고."

"그건 나도 좋아혀."

"그러니께 나가 당신보고 쭈꾸미 잡아 오라고 하는 겨. 고추장에 매운 고추 두어 개 썰어 넣고 양파만 냅다 넣어서리 달달달 볶아 놓으믄 소주 한 병은 거뜬허거든."

"암만, 내가 그 맛에 당신하고 사는 겨. 그러니께 이 서방 고만 볶고 이따가 오믄 맛나게 좀 볶아 주라고."

"아주 쭈꾸미 볶듯이 달달 볶을 거구먼. 맨날 땡큐만 허는 인사헌티 뭐가 이쁘다고."

"맴에 읎는 소리 하덜덜 말구 좋게 좋게 살자구. 닭 모가지 비틀어져도 봄은 온다니께."

좀 전에 찌그락째그락거리던 두 분은 어디로 가시고 저리도 환하게 웃는 꽃들이 한가득이니, 길 잘못 들었던 쭈꾸미가 소라 껍데기 찾아 들어올 날이 멀지 않은 듯하다. 창덕 할매네 집 담장 너머로 개나리가 노오란 빛을 왔다리 갔다리 흔들며 환장하게 피었다.

그런데 창덕 할매는 쭈꾸미볶음에 물엿은 안 넣나 보네. 그

거 넣어야 달달하니 맛나는디. 깨소금은 겉멋이고. 아따, 진짜
로 닭 모가지 비틀어져도 봄은 오고 가는가 보네.

쭈꾸미볶음

살아 있는 쭈꾸미를 사 오면 좋겠지만, 생물을 만나려면 어항이나 어물전을 찾아야 한다. 한 코에 매달린 쭈꾸미 열 마리를 사다가 소금물에 바락바락 씻어서 손질하고 대접에 모셔 둔다.

쭈꾸미볶음에서는 쭈꾸미가 양반이라는 것을 잊지 말아야 한다. 여기저기서 갖은 양념을 넣는다는데, 쭈꾸미 맛을 살리려면 양념을 간소하게 하는 것이 좋다. 고추장을 먹고 싶은 대로 넣고, 조선간장은 입맛에 맞게, 마늘과 물엿은 포인트로 넣고 닥닥 섞어 옆에 놓는다. 야채는 대파가 있으면 대파를 넣고, 쪽파가 있으면 쪽파를 넣으면 된다. 양파는 단맛을 내는 데 필수! 나는 양파를 무지하게 좋아해서 좀 많이 넣는다.

야채와 양념을 넣고 슬쩍 볶다가 순서를 기다리는 쭈꾸미를 넣고 달달 볶아서 화룡점정인 깨소금을 모양 있게 뿌려서리 상에 놓는다. 그러면 아따, 소라 빈 껍질에 들어가는 것마냥 입으로 들어갈 것이다. (순전히 내가 울 엄니한테 배운 대로 쓰는 방법이니, 읽는 분들은 엄니의 가르침을 귀하게 여기시길 바란다.)

송리는 역시
못된 년이었다

자 리 공 나 물 ,   개 망 초 나 물

● 정말 친구였을까?

4월 중순부터 5월 초순까지 만개하는 것은 꽃뿐만이 아니다. 곡우를 중심으로 온 동네 할매들이 머리에 이고 지고, 옆구리에 달고, 봄바람을 휘청거리며 장날을 향해 돌진한다. 보령에서는 삼일장, 오일장 내내 두릅 장이 펼쳐진다. 이때 함께 나오는 나물이 쑥을 비롯해 개망초순, 오가피순, 화살나무순, 구기자순, 뽕잎순, 엄나무순에 명이나물은 보물이다. 어쩌다가

71

얼굴 비치는 청미래 새잎은 먹어야 하나, 말아야 하나 고민 아닌 고민을 하게 된다.

어찌 못 먹을 것을 장에 내다 파는 할매분들이 계실까. 알다가도 모를 산속의 순들이 순서대로 쫘악 좌판에 늘여 있는 장날은 춤추는 봄날이다. 일찍 나온 상추, 고추, 토마토, 옥수수 등 여러 모종도 모가지를 내밀고 '날 좀 보소~' 외치고 있다. 물론 두릅 장이 지나가면 모종 장이 펼쳐질 것이다.

시장 방앗간 앞 그늘에 좌판을 편 송리 아줌마는 나물 박사다. 험한 산길 다니기에는 고운 손인데, 이런 거 저런 거 상관하지 않고 나물을 캐러 다닌다. 송리 아저씨는 늘 아줌마 옆에서 뱅뱅 돈다. 일주일 동안 산에서 가져온 것들을 장날에 내다 판다. 아저씨는 아줌마 그늘 속에 앉아서 담배 여러 대를 태우며 비닐봉지를 꺼내 주는 역할을 한다. 아줌마의 잔소리로 늙어 가고, 아줌마의 입심으로 돈을 버는 옆자리에 삶 그늘이 아주 깊게 드리운다.

송리는 내 어릴 적 친구 이름이기도 하다. 그래, 친구……. 정말 친구였을까? 하여튼 자기만 아는 이기적인 년이었다. 자기 집에 물앵두가 빨갛게 열어 떨어져도 따 먹으라는 소리를 한마디도 않고 생글생글 웃으며 자랑만 입이 터지도록 하는, 떨어져 터진 앵두보다도 못된 년이었다.

그런 송리한테도 잘하는 재주가 있었으니, 나물 이름이나 꽃 이름을 척척 아는 것이었다. 처음에는 신기해서 자꾸 이것도 물어보고 저것도 물어봤다. 내가 몰라서 그랬는지, 송리는 이 세상에 있는 모든 풀과 꽃에 이야기를 더해서 사실처럼 말했다. 지금 생각해 보면 송리는 이야기를 만들어 내는 힘이 아주 뛰어난 아이였다. 사실이라 말하기는 싫지만 그렇다는 얘기다, 뭐.

초파일 앞두고 연등 달린 길 따라 송리와 함께 산에 올랐다. 날도 좋고, 뻐꾸기도 울고……. 그렇게 길 따라가던 송리가 잘난 척하면서 이 풀, 저 풀을 아무렇지 않게 조금씩 따서 씹어 먹었다. 그러다 어느 순간 혀가 아프다고 '패패패' 침을 뱉으며 울기 시작했다.

독초를 먹으면 빨리 병원에 가야 한다는 말은 들어서 송리의 손을 잡고 냅다 집까지 달렸다. 집은 왜 그다지도 멀리 있는지, 아무리 달려도 제자리 같았다. 그리 잘난 척하던 년 쌤통이다 생각하다가도 얼른 일어났으면 하는 마음이 문틈으로 비집고 들어왔다.

🍲 나물 해독제

송리를 살린 사람은 병원 의사가 아니었다. 송리 엄니, 아부

지였다. 해독제가 있는 것도 아니었는데도 어찌 신통방통 드라
무통을 부렸는지, 이틀 만에 목 빼고 일어난 송리가 살려 줘서
고맙다고 내 손안에 앵두 몇 알을 몸을 비틀거리며 올려놓았다.
이런, 한 주먹도 아니고 몇 알이었다. 아무리 생각해도 앵두 몇
알에 우정을 밤송이 갈라내듯 한 송리는 역시 못된 년이었다.

　해독제 역할을 하는 나물이 있다는 것을 나이가 먹어서야
알았다. 송리 아부지, 엄니의 생계형 나물 채취의 힘이 송리를
살린 것이다. 무슨 풀이 어디에 좋은지, 어떤 나뭇잎이 어디에
좋은지를 어찌 그리 기가 막히게 잘 아는지. 아무리 공부를 해
도, 책 들고 산을 돌아다녀도, 먹고 살기 힘든 간절한 삶 앞에
서는 이길 장사가 없다.

　"이건 하얀 민들레 뿌리고, 저짝에 있는 건 작년에 해 놓은
아주까리 잎이여. 이건 구기자순인디, 참기름 넣고 무쳐 봐. 아
주 좋다니께."

　"저건 뭔감?"

　"잉, 저건 생으로 묵으믄 죽어. 헌디, 삶아서 물에 담갔다가
묵으면 참말로 맛나지."

　"뭔디 그리 사설이 질어."

　"장룡나물이여. 접때 이 냥반허고 소방산 산길 가다가 뜯어

왔는디, 여간 좋은 게 아니더라고."

"창계 마을 할매가 잔뜩 뜯어 왔던디, 그게 장룡나물이었
구먼."

"이거 뜯으려믄 산 꽤나 돌아다녔을 텐디, 할매 참말로 욕
봤겠구먼."

"긍께 말여. 무르팍 수술헌 지 얼마 안 됐다고 하던디, 노인
네 참말로 대단한 냥반이여."

"자슥새끼 다 키워 객지로 보냈으믄 이제 이 짓거리 허지 않
아도 되는디 말이지. 속 곪아 가믄서 산에 돌아댕기는 것 보믄
참말로 대단한 냥반이라니께."

"그럼 자네는 뭐하러 이 짓을 허남?"

"자슥새끼들헌티 손 벌리기 싫어서 허네. 자슥도 부모 호랑
에 돈 들어 있을 때 효도허지, 돈 읎어 봐. 일 년 삼백육십오일
얼굴 한 번 쳐다보기나 허나. 옛날 고릿적 얘기허믄 입만 아
프다니께."

살살거리며 날아왔던 봄바람이 창계 마을에 사는 할매 얘기
에 줄줄 주름으로 내려앉았다.

●가끔 생각나는 못된 년

장롱나물은 자리공을 말한다. 독성이 강해서 생잎으로 먹으면 저승길까지 갈 수도 있다. 삶아서 찬물에 한두 시간 담가 두었다가 쌈을 싸 먹어도 좋고, 들깨 가루와 된장을 넣고 무쳐 먹어도 좋다. 자리공 맛을 새들도 아는지, 열매는 물까치나 까마귀가 좋아한다. 겨울에 먹을 것을 찾아온 새들이 자리공 까만 열매를 하나씩 물고 날아간 자리마다 눈발이 날렸다.

아는 사람만 갈무리해서 먹는다는 개망초순. 아부지 농사지을 때 여기저기 요기조기 마구잡이로 피었던 풀이 개망초다. 어릴 적에는 계란꽃 반찬을 돌멩이 위에 놓고 '여보, 드셔요' 하며 옆집 친구와 소꿉놀이도 했다. 지금은 그저 그런 추억으로만 남은 풀꽃이다.

개망초순을 따서 살짝 데치고 햇빛 그득한 곳에 말렸다가 무쳐 먹으면 식감이 끝내준다. 그늘에서 말린 것보다 뛰어나다. 솔직히 나는 어떤 나물 무침보다 훨씬 식감이 좋았다. 젓가락을 스윽 훑으며 느끼는 맛은 뒷덜미를 찌릿하게 만들 정도다. 울 아부지 예초기로 슥슥 베어 나갈 때마다 뒤따라 다니며 꽃을 주워다가 빈 항아리에 꽂아 두고 창문 너머로 보고 있으면, 어디에도 보이지 않은 마음이 꽉 채워지는 느낌이 들기도 했다.

세월이 십 년 단위로 한 세 번쯤 고꾸라졌나. 우리가 이사한

후 송리를 만난 적이 없다. 간간이 송리 엄니를 통해 잘 산다
는 얘기만 들었을 뿐, 그 이상의 말도 이하의 말도 얹혀 듣지
못했다. 뭐, 지나가는 말로는 영국인가 프랑스인가에 가서 코
높은 사람 만나 산다는, 허물 벗겨진 이야기만 들었을 뿐이다.

떨어져 터진 앵두보다 못된 년이 가끔은 생각이 난다. 목
숨 줄 이어 놨더니 얼굴에 쌍철판을 깐 년. 가끔 생각이 난다.
지구본 몇 바퀴를 돌려도 어디에 사는지 알 수 없는 그 년이.

·recipe·

자리공나물

자리공 새잎을 끊어다 소금물에 데치고 찬물에 넣어 두었다가 한두 시간 후에 꺼낸다. 생으로 먹었다가는 너도나도 모르게 저승길 갈 수 있으니 조심해야 한다. 독기 쫙 빠진 놈을 꺼내 쓱쓱 썰어서 된장을 마음 가는 대로 넣고, 들깨 가루에 참기름을 치고 자락자락 비벼 밥 상 위에 놓으면 된다. 쌈으로 먹고 싶다면 찬물에서 꺼내 물기를 꽉 짠 후 밥을 올려놓고 이짝도 저짝도 보지 말고 입에 넣으면 된다.

○

개망초나물

개망초는 꽃도 예쁘고 새순은 맛이 기가 막히게 좋다. 새순을 삶아 갈무리해서 먹어도 맛있고, 삶은 것에 참기름과 소금 넣고 조물락조 물락 무쳐 내놓으면……. 아, 생각만으로도 침이 넘어가니 이게 무신 조화인가. 개망초꽃은 튀김으로도 아주 좋다. 색도 곱고 맛도 난다. 개망초나물은 먹어 본 사람이 잘 안다. 식감도 좋고 색도 좋아서 님 도 좋고 나도 좋다는 것을. 뭐, 내가 안 좋아하는 나물이 어디 있을까. 나물은 다 좋다. 두릅도, 엄나무도, 취나물도, 참나물도, 뭐든 내 입맛 에 맞으면 최고다!

농사꾼의
맴

　왜! 하필이면! 우리가 김장하는 날만 잡으면 매년 오지게 춥고 눈이 펄펄 내릴까. 내내 따뜻하다가도 우리 집이 김장하는 날은 그해 가장 추운 날이 되어 버린다. 이래저래 귓바퀴와 마음이 시려서 엄니한테는 표시도 못 내고 혼자 속으로 성질만 바락바락 부리는 김장하는 날이다.

　달려온 겨울 추위 속에서 곱은 손가락 불어 가며 배추를 뽑고, 엄한 배추 꼬리를 꽁꽁 언 손으로 쳐 내고, 새벽별 밟아 성질

바락바락 부리며, 바닷물 떠다가 푹푹 절이고 다시 닦는 것이 80년대식 구닥다리처럼 보여도, 먹고사는 일이 어디 내 마음같이 되는가? 요즘 같으면 절인 배추 사다가 뚝딱뚝딱 만들어 먹으면 그만이겠지. 아니, 다 만들어 놓은 김장 김치 사다가 먹으면 그만이지만, 어디 그게 엄니의 젓갈 같은 손맛에 비교될까.

여기에 보약도 이런 보약이 없다고, 제철에 먹어야 보약이 된다는 내 장딴지 같은 무가 한몫을 한다. 김장에 무 빠지면 그야말로 이는 있는데 잇몸이 없는 꼴이 된다. 허니, 더도 말고 덜도 말고 무 머리채 확 잡아 빼서 깨끗하게 목욕재계를 하고 정중하게 도마 위에 올려놓는다.

무는 착착착 채 썰어서 모셔 두고, 장맛비 흠뻑 맞으며 캤던 마늘을 깐다. 쪽쪽이 썩어서 골라내느라 욕봤던 찐 마늘을 한 대접 넣는다. 귀신이 엎치락뒤치락했다는, 으스스해서 저물녘이면 아무도 다니지 않는다는, 남들 모르는 어깨 낮은 묘지에 가서 야생 갓도 끊어다가 썰어 넣는다.

8월 뙤약볕에 시리시리 한바탕 고꾸라지면서 땄던 고추도 빻아 사정없이 넣고, 매실 진액을 간간이 센스로 넣어 준다. 젓, 젓 해도 엄니 젓만 한 것이 없지만, 6월에 태어난 새우 육젓은 살살 통통한 맵시가 보기만 해도 흐뭇하다. 이것 또한 슬쩍슬쩍 넣어 버무려 주면, 그대는 아는가, 보기만 해도 침이 꿀깍

꼴깍 넘어가는 김장속이 완성된다는 것.

치대고, 문대고, 척척 발라서 배추 속잎에 김칫소 넣은 것을 입이 찢어질 정도로 우걱우걱 씹어 먹으면 고춧가루가 코에 붙었는지, 팔에 붙었는지 모르게 맛이 끝내준다. 아, 내 얼굴에 고춧가루가 범벅돼도 좋은지고. 돼지 사태를 삶아 듬성듬성 썰어 같이 먹으면 콧구멍이 실룩실룩거리다가 깊은 맛에 빠져들어 자꾸 젓가락을 들게 된다. 마시지 못하는 막걸리 한잔 거뜬히 마실 기력이 어디선가 나타나기도 한다. 어쩌면 나는 이 맛 때문에 어깨 빠지게 일하고, 허리가 아파서 못처럼 휘어져도 엄니의 김장을 그런대로 긍정적으로 받아들이는지도 모른다.

김장하기 일주일 전쯤, 조그마한 밭에 배추 스무 포기 심어 놓고 낮이나 밤이나 걱정 아닌 걱정을 사서 하시던 엄니와 함께 밭으로 갔다. 언제 들어오셨는지 찬 바람에 코끝이 쌩해졌다. 비염이 새처럼 콧구멍에 둥지를 틀고 앉아 오줌 같은 콧물을 맑게 내려 주었다. 훌쩍훌쩍 콧물을 마시며 겨울 밭을 향해 걷는 내내 온몸이 오그라드는 것 같았다.

"아까 가게 갔다 오다가 보니께 창수 아부지가 배추밭을 엎고 있더구만. 그 집에 뭔 일 있대? 아깝게 키운 배추들을 경운기로 뒤집드라고."

"배춧값이 똥값이니께 승질 나서 그라는 겨. 에휴, 창수 아배도 승질 좀 죽이고 살지, 그여 일을 쳤구만. 창수 어매 복장 터지겠구만."

"아무리 그래도 그렇지. 오는 장날에 나가서 그냥저냥 팔지 왜 엎어? 아깝더구만. 아니면 동네 사람들한테 나눠 주던가. 속이 노랗게 꽉 차서 먹기도 아주 좋겠더구만."

"너 같으믄 배추만 보믄 오장육부가 뒤틀리는디, 그걸 나눠 주겠냐?"

"왜 못 쥐? 그리 다 갈아엎는 것보다야 낫지."

"오죽허믄 자슥새끼 돌보듯 한 배추를 그리 엎었어."

"그러니께 중간 상인 걸치지 말고 발로 뛰어서 팔믄 비룟값은 나올 거 아녀?"

"그걸 왜 모르겠냐. 그게 맘처럼 안 되니께 그렇지."

"해 보지도 않고 왜 안 된다고 그려?"

"저년이 뚫린 게 입이라고 막 던지는구먼. 왜 안 해 봤겠어. 이것저것 해도 안 되니께 승질나서 그러지. 에휴, 그 속이 염전일 겨. 거시기, 비룟값도 안 나온다고 허더만. 농사짓는 세상살이가 어디 그리 쉽간? 나도 접때 가서 말려 봤는디 아무 소용 없었당께. 여기저기 생채기 난 손 보니께 맴이 아프더라고. 농사꾼은 천상 농사꾼인디 우째 살아갈지 참말로 모르것당께. 허기

사 나도 나를 모르는디 넘들이 나를 알기나 허겄어. 하물며 내
가랑이 찢고 나온 니가 나를 알겄어. 암두 모른다니께, 암만."

"아주 노래를 허지. 거시기 타타타!"

"니년이 뭘 알겄냐, 농사꾼 맴을."

그렇지. 나는 농사꾼의 마음을 잘 모른다. 뭐, 울 아부지를 통
해서 아는 건 상처로 얼룩진 몸과 처자식 먹여 살리려 타 버린
애간장의 맛이 짜다는 것만 알고 있을 뿐이다.

창수 아부지는 김장철을 코앞에 두고 일을 저질렀다. 광천
토굴젓갈상회는 김장맞이 대축제를 벌이는데, 창수네 배추는
가을 가뭄에 금값이었다가 한 방에 똥값이 되어 버렸다. 여름
부터 줄곧 있는 정성, 없는 정성 빌려다가 마진 좀 남기려나
했으나, 똥 밑씻개로도 꺼끌꺼끌해서 쓸 수가 없다고, 눈물에
콧물을 더해서 투덜투덜하다가 그여 일을 치르고야 말았다.

농부의 애타는 마음이 뒤집히는 흙더미 속에서 뭉개지고 있
었다. 이 어찌 미치지 않고서 살 수 있을까. 다시는 배추 농사
안 짓겠다고 다짐에 다짐을 더해서 소매 끝으로 남모르게 눈
물을 훔치는 창수 엄니를 보다가 괜스레 눈이 시려서 나도 눈
물을 훔쳤다.

농부는 밤하늘의 별을 헤는 사람이다. 하늘이 돌아가는 꼴

을 보고 어떤 비가 내릴지, 어떤 바람이 불지 마법처럼 다 안다. 울 아부지도 그랬다. 바람이 이차이차 분다면 얼른 논으로 가서 물꼬를 내고, 저차저차 분다면 얼른 논으로 가서 물꼬를 막았다. 몸이 무거워지면 삽을 뒷짐에 얹고 논으로 나가서 몇 시간이 지나서야 집으로 돌아오곤 하셨던 아부지. 몸이 무거워지고 뼈마디가 쑤시다는 건 비가 내릴 징조라며 바람보다 먼저 논으로 달려가곤 하셨다. 좋은 씻나락 보관부터 추수할 때까지 새끼 키우는 것처럼 안절부절 끙끙 앓았던 아부지. 그 그늘은 깊고도 깊어서 들여다볼수록 아름다웠다.

김장

이미 김장 맹그는 순서는 저그 위에 다 써 놨다. 김장 담그는 풍습이 집안마다 다르기에 이차저차 내 방식대로 썼다. 울 엄니는 김장 속에 조기 새끼를 넣기도 한다. 작년에는 고추씨를 양념에 왕창 넣고 버무 렸다. 무도 큼지막하게 썰어서 항아리에 김치와 함께 넣기도 했다. 솔직히 말해서 고추씨 넣은 김치가 알싸하니 맛이 깊다. 뭐, 그렇다 고 전에 담은 김치는 맛이 없었다는 말은 아니다. 그건 그것대로, 저 건 저것대로 맛이 났다. 단, 숙성된 김치는 김칫국이 밴 밑에 것부터 먹으시래! 그 훌륭한 맛은 숙성을 어떻게 하느냐에 따라 달라진다.

참말로 시상이 말세라니께

어 성 초   효 소

"거시기, 거시기, 말여, 우리 동네 잡것이 들어와서리 절단이
나부렀어. 저짝 아래 춘분이네 보리밭은 농약 땜시롱 절단이
났다더만. 보리가 그냥 보리가 아니잖어. 손가락에 동상이 들
정도로 추워도 죽지 않고 파랗게 살아남는 게 보리 아녀. 아무
리 밟히고 뽑혀도 살아남는 게 보리라고. 근디 말여, 그게 다
패기도 전에 누렇게 죽어 버렸다니께. 들어오지 말아야 할 것
이 들어와서리 어린것들은 죄다 나가 버리고, 젊은것들은 돈

많은 남자 따라가서 밤늦게 오고, 남은 것은 온통 파 뿌리 씹어

묵은 늙은이들 밖에 읎어. 참말로 시상이 말세라니께."

"우리 밭은 괜찮은 겨?"

"늠들 밭은 내 머리맹키로 바람이 숭숭으로 절단 났는디, 우

리 밭이라고 멀쩡허겄냐. 돼지 똥도 뿌려 보고, 썩은 나무 갖

다가 뿌려도 봤는디 아무 소용 읎드라니께. 겉만 멀쩡허지 삽

질 한 번만 하믄 속이 누래. 저 잡것 들어오기 전까지는 지렁

이도 뵈고, 땅강아지도 뵈더만. 당체 암것도 뵈지를 않어. 아

주 몹쓸 것이 들어왔당께. 우리 마당에서도 썩은 내가 진동을

혀서 죽겄다니께."

"우짠데? 온 동네가 절단 났으믄 그짝에다가 손해 배상 청

구라도 해야지. 이러구 멍텅구리맹키로 먼 산만 보고 있으믄

밥이 나와, 쌀이 나와? 워치께라도 혀야지. 이장은 뭐 허고 있

나 모르겄네."

"이장이라구 별 뾰족한 수가 있겄남. 이짝저짝에 말은 했다

더만. 군청에다가 말혀두 그때 뿐이여. 그냥 살라나. 그래, 탁

까놓고 살긴 살겄어. 근디 농사를 지어 먹게끔은 혀 줘야 할

거 아녀. 이 땅에 뿌리박고 산 사램들뿐인디, 죄다 뭐 먹고 살

라고 허는지 알다가도 모르겄당께. 돈 많은 놈이 최고인 시상

이긴 헌디……. 에휴, 자꾸 말해 봐야 내 입만 아프지. 이장도

있는 거라고는 불알 두 쪽이 다인 사램인디, 얘기 자꾸 혀 봐야 속만 상하지. 이장질도 못 할 짓이여. 이 동네에서 가장 나이가 어리니께 시킨 거지, 하고 싶어서 시킨 게 아니니께. 근디 이상시러운 게 비가 쏟아질 때 썩은 내가 더 나야. 어찌 된 영문이지 모르겠당께."

"거시기, 요즘 일인 시위가 있다더만. 접때 군 의원이 자기 마음대로 땅 팔아 묵는다고, 거시기, 소작허는 사램이 군청 앞에서 뭐라 뭐라 써서 일인 시위 하더구만. 아주 밀짚모자까지 쓰고 사램들 가장 많이 다닐 때 골라서리. 이장보고 그거라두 하라 그러지?"

"니가 가서 혀 봐! 어떤 사람이 자기 돈 가지고 땅 사서 골프장 하겠다는디, 누가 뭐라 혀겄어. 그라고 골프장에서 일허는 사람은 죄다 이 동네 사램들이여. 가서 니 말 내 말 섞어서 했다가는 이 동네서는 못 산다니께. 다른 사램들보다 이 동네 사램들헌티는 돈을 더 주믄서 마음을 달래는디 워쩌겠어. 돈 앞에는 장사가 읎는 겨. 나도 허리만 덜 아프믄 가서 풀이나 뽑을까 생각 중인디."

"아서. 그나마 농사지어서리 병원 갔다가 주는디, 당체 그런 소리는 하덜덜 마셔. 오째 가다가도 잘 넘어지는 냥반이 가끔 한번씩 속 뒤집히는 소리를 아무렇지 않게 하나 모르겠당께."

"나가 몬 소리를 혔다고 지랄이여? 늙어도 호랑에 돈은 있어야 대접이라도 받는 시상인 겨. 암것도 읎어 봐. 자슥새끼들도 안 오는디 손주새끼는 오는 줄 아남. 너나 나나 늙고 있는 건 똑같당께. 얼마 안 가서리 너도 내 처지가 될 겨. 긍께 있을 때 쟁여 놔. 호랑에 돈 떨어지믄 기력도 같이 떨어지니께. 잘 챙겨 묵고 다니고…… 그나저나 저 썩은 내는 온제 읎어질라나 모르겠네. 니가 함 찾아봐 봐. 나는 눈 뜨고도 못 찾겠으니께. 분명 땅에서 나는디 도통 찾을 수가 읎네, 참말로."

"뭐, 내가 찾는다고 찾아지겄남."

"늙은이보다야 낫겄지. 하여튼 요새 젊은것들은 대놓고 지랄을 혀."

"내 나이가 몇 개인디 젊다고 그러나 모르겠네."

"야, 이놈아, 니 나이가 이제 고작 육십 깔짝 넘었으믄서 오디서 나발을 불고 난리여. 나는 니 나이 때 등에 나무를 한 짐씩 지고 다녔어. 오디서 대나무맹키로 재고 지랄이여. 시끄런 소리 하덜 말고 썩은 내 나는 곳 좀 찾아봐."

뒷짐 지고 이리저리 뱅글뱅글 돌던 아들이 딱 멈춘 곳은 마당 귀퉁이였다. 그곳에는 한 무더기 하얀 꽃이 낭창낭창 흔들리고 있었다. 한참을 바라보던 아들이 손끝으로 하얀 꽃을 만지며 지그시 바라봤다.

"온제부터 이곳에 이리 이쁜 꽃이 폈대? 접때 왔을 때는 안 보이더만. 참말로 꽃잎 색이 허연 게 이쁘네."

"거시기, 어성초여. 만지지 말어. 고약한 냄새가 하루 죙일 가니께."

"잉? 방금 만졌는디? 아따 냄새 한번 고약스럽네. 근디 아까 엄니가 썩은 내 난다고 헌 게 이 냄새 같은디? 아무리 맡아 봐도 그런 거 같은디."

"그려? 오디 봐 봐. 확실히 젊은 놈의 콧구녕이 낫구먼."

"꽃만 이쁘지 냄새는 고약허네. 근디 엄한 골프장만 잡았네."

"뭐시기를 잡어? 더 잡아 족을 쳐야 혀. 농약을 어찌나 해 대는지 콧구멍이 농약 천지라니께. 여태까지 내 야그를 콧구녕으로 들은 겨, 아님 똥구녕으로 들은 겨?"

"참말로, 귓구녕으로 들었소. 엄니도 어지간히 혀. 대충대충 살지, 뭐 그리 고래고래 소리치믄서 살어. 어성초맹키로 고약한 냄새는 좀 감추고 이쁜 꽃만 보이고 살어."

"내가 살날이 얼매나 남았다고 꽃으로 살어."

"갈 때 가더라도 꽃으로 살다가믄 좋잖어."

"쓰잘데기 읎는 소리 허지 말어. 다 제 몫을 가지고 태어나는 겨. 꽃도 꽃 나름대로 지 생을 살다 가고, 뿌리는 뿌리대로 지 갈 길 가는 겨. 이 어성초 냄새는 고약스러워도 몸뚱어리에는 이만한 약이 읎어. 피부 거시기에 좋은 게 이거여. 아그들 도시에서 걸리는 아, 아토핀가 거시기에도 좋다더만. 피도 콸콸 돌게 허고. 헌디 냄새가 고약 시려. 한번 만지믄 아무리 닦아도 죙일 간다니께. 참말로 이 냄새구먼. 접때는 쬐끔 나길래 그냥 저냥 넘어갔더니, 온제 이렇게 많이 퍼졌나 모르겄네. 바람 부니께 이 몸 저 몸 섞여서리 냄새를 풍겼구만. 하여튼 운우지정을 하려믄 지들끼리나 허지, 드런 냄새는 왜 풍기고 지랄이여."

"아따, 울 엄니 문자 쓰시네. 운우지정은 아는가베."

"시끄런 소리 말고, 장갑 끼고 와서 이거나 벼 봐. 말 나온 김에 효소나 담게."

장마가 오다가 똥 마려 뒷간으로 달려간 사이 반짝하니 햇빛이 드니, 어성초 냄새 폴폴 온 동네를 고약하게 휘젓고 다녔다.

•recipe•

어성초 효소

고약스런 냄새를 가진 어성초는 벌레를 쫓는 데 제격이다. 하여튼 몸에 좋은 것들은 버릴 이유가 없다. 낫으로 끊어 낸 어성초를 씻어서 살짝 말리면 물도 빠지고 냄새도 사라진다.

꾸들꾸들 말린 어성초와 설탕을 일대일로 넣고 묵은 세월 뒷바라지 하며 기다린다. 기다리다 보면 낙엽도 질 테고, 바람도 차가워질 테고, 눈도 내릴 것이다. 기다린 자에게 복이 있나니, 어성초 효소는 음식계의 재간둥이다. 냄새도 사라지고 맛도 좋아 나물 무침에 한 숟가락씩 넣어 주면 얼마나 좋을까.

말린 어성초는 차로도 마신다.

○

신랑 방에 불 켜라,
각시 방에 불 켜라

참   깨   강   정

●참깨 베기 싫은 날

해도 창창하고 하도 맑아서 툭 건드리면 쨍 하고 깨져 버릴 것 같은 날, 그래서 더욱더 밭에 나가기 싫은 날, 방바닥 두드리며 창밖으로 흘러가는 구름 잡아 솜사탕인 양 한 입 베어 먹고 룰루랄라 콧노래 부르고 싶은 날, 낚시 게임을 하는데 유난히 물고기가 잘 잡혀서 점수가 많이 올라가는 날, 그런 날.

"뭐 하고 있는 겨? 언능 나와! 날 뜨거워지면 일허고 싶어도 못 허니께 꾸물꾸물거리지 말고!"

그런 날이라는 거. 모든 생각과 꿈이 와장창 깨져서 방바닥에 흩어지는 날, 솜사탕은 무슨 개뿔이냐고 혼자 구시렁구시렁대는 날, 콧노래는 무슨, 비염 때문에 콧구멍에서 맑은 콧물이 쏟아지는 날.

한여름 내내 참깨 벨 날만 잡아 놓은 엄니. 방바닥 두드리며 흘러가는 구름에 낙서를 길게 하고 맑은 하늘을 먼 산 바라보듯이 감상에 젖어 있는 나를 일으켜 세워 밭으로 나가자고, 그여 엄니는 연신 내 옷깃을 흔들었다. 싫다고 말해 봐야 몇 분도 못 가서 손들고 항복하고 마니, 그냥 구시렁구시렁 노래로 끝날 뿐이었다.

"아주 쇠비름밭이구먼. 접때 와서 봤을 때는 괜찮더만 눈 깜짝할 새에 이렇게 많이 번졌네."
"이것들은 뽑아 놔도 뿌리가 흙에만 닿으면 바로 살아난다니께."
"쇠비름이 관절에 좋다더만."
"나도 안 해 먹은 게 없다니께. 느 아배가 쇠비름 뽑아다가

환으로 맹글어 먹였잖어. 무르팍 아파서 밭에 안 나오니께 별
수를 다 쓰더구만."

"아빠가 엄마를 너무 사랑해서 그려."

"암만, 그건 그려. 거시기, 쇠비름 환 갖다 주길래 내가 선물
로 노래 한 자락 해줘 부렀지."

"참말로 깨소금이 넘치다 못 해서 아주 질질 흘렀구만. 근디
어떤 노래 했어?"

"신랑 방에 불 켜라, 각시 방에 불 켜라."

"잉? 그게 다여?"

"암만, 쇠비름 뿌리를 캐서 손으로 살살 슬슬 문질러 주믄서
'신랑 방에 불 켜라, 각시 방에 불 켜라' 노래를 부르믄 하얀 뿌
리가 뻘겋게 변한다니께. 꼭 쇠비름 줄기맹키로 벌게져서리 참
말로 웃겼다니께. 근디 몬 말인지는 알아들었냐?"

"엄마는 오째 딸헌티 그렇게 야한 말을 잘혀?"

"니년도 낼모레믄 사십 고개 깔짝 넘는디 뭘 그려. 알 것 다
아는 년이 새악시처럼 구니께 날아가던 새가 웃겨서리 똥 지
리겄다."

쇠비름 줄기가 뜯겨지다 못해서 뿌리째 뽑혀 두엄 더미 위에
올려졌다. 착착 옮겨 놓으니 켜켜이 탑을 쌓는 것 같았다. 붉은

줄기 쇠비름을 모두 뽑아 놓고 '아구구구구' 허리 펴면서 바라
본 하늘에서는 뭉게구름이 뭉게뭉게 산등성이를 타고 올랐다.

아, 다음은 참깨를 베야 하는데 왜 이리 하기 싫을까. 흘러가
는 구름 붙잡아 놓고 떵까떵까 노래 한 자락 뽑으면 얼마나 좋
을까. 이런저런 생각이 머릿속을 뒤집어 놓았다.

"깨 뿌리고 흙으로 슬쩍 덮어 놨더니 봄내 참새 시키들이 흙
목욕을 해대서 환장혔어. 그래도 깨가 참 많이 찼네. 터진 건
흘리지 않게 조심혀. 한 알이라도 흘렸다가는 집에 올 생각은
접어 두고 그거 죄다 주으라고 헐 테니께."

"협박이여?"

"그려, 협박이다. 오죽허믄 내가 딸년헌티 협박을 허겠냐? 하
두 덤벙거리니께 다 된 깨 쏟을까 봐 그러지."

"나도 조심해서 하고 있거든."

"암만, 밥줄이 걸렸는디 조심혀야지."

내가 돈이 없어서 참는다. 갈 곳이 천지지만 타고 갈 차 기름
값 때문에 참는다. 먹고사는 것이 문제라서 참는다. 그래도 엄
니 옆에 붙어 있어야 콩고물이라도 떨어져서 참는다. 아주 너
른 마음으로 아랫배에 힘주고 엄니의 유혹적인 욕을 들으며

참는다. 내가 좋아하는 〈명탐정 코난〉 보는데 아무 말도 없이 리모컨으로 다른 채널로 돌려도 참는다. 엄니 곁에서 참을 수 있는 것은 모두 참는다. 참깨 밭모가지 쓰윽쓰윽 베면서, 말매미 우는 소리에 땀을 훔쳐 가면서, 나름 괜찮다고 내 안의 나를 달래며 슬프게 염불하는 날이다.

● 연기댁 깨 볶기

공주님 시에 사는 연기댁은 눈매가 초승달처럼 살포시 휘어진 것이 남정네 가슴팍을 벌렁벌렁대게 하는 힘을 가졌으나, 어디 한 군데 써먹을 곳이 없다. 청소기를 붙잡고 청소할 때 추는 느리적거리는 춤은 거북이를 능가하나, 남들이 보면 게으른 자의 마지막 포효 같다. 막둥이 밥그릇 두 개가 엎어진 것처럼 작은 가슴에 뽕을 넣은 브라자를 차면서 몸매를 다잡는 모습이 아주 귀여우나, 가슴이 나름 큰 내가 보기에는 옆 라인이 빈 벽이라 웃음이 먼저 나온다. 출근 전에는 꼭 옷을 두 번이나 갈아입고 나가지만, 당신 마음에 들지 않아 차 몰고 가는 내내 구시렁구시렁거리는 게 매력이다.

연기댁과 나는 한동안 함께 살았다. 연기댁이 바깥일을 하고 나는 집안일을 하며 '쿵짝쿵짝 쿵짜작 쿵짝' 맞춰 가면서, 연기댁 방귀 '뽕'도 내 방귀 '뽕'도 섞어 가면서 말이다.

하루는 동네 어르신이 깨 추수했다고 한 주먹 가져오셔서 연기댁 환한 웃음이 논길 건너 생뚱맞게 서 있는 러브호텔 네온사인처럼 반짝반짝 빛났다. 소나기 지나간 뒤 날개를 털은 말매미가 나무를 붙잡고 애원을 하는데, 연기댁은 부엌에서 참깨에 섞인 돌멩이와 검불을 골라냈다. 그리고는 찬물로 잘 걸러 내어 체에 밭쳐 놨다.

안방으로 들어간 연기댁이 선글라스를 멋들어지게 끼고 나와 창문 너머 먼 산을 깊은 눈으로 바라봤다. 헌데 이 느낌은 뭘까……. 보이지 않는 아우라가 거실 바닥에 퍼졌다.

"어디 가?"

"아니."

"그럼 왜 선글라스 꼈어?"

"할 일이 있어서."

검은색 선글라스를 끼고 부엌으로 들어간 연기댁이 프라이팬을 꺼내 참깨를 볶기 시작했다. 젖은 참깨를 한참 동안 볶다가 한두 개씩 튀어 오르자 의미심장한 미소를 지었다. 아, 이여자의 정체가 뭐란 말인가. 선글라스로 눈을 보호하며 튀어

오르는 참깨를 막고 있었다. 다음에는 고글을 쓸 생각일까? 아니면 용접용 마스크를 쓰고 깨를 볶을 것인가?

　번쩍번쩍 러브호텔 네온사인이 참깨 볶는 냄새로 분위기 있게 활활 타오르고 있었다. 흐미, 생각만 해도 죽이는구먼.

참깨강정

잘 걸러 낸 참깨를 넓은 프라이팬에 달달 볶는다. 이때 깨 튀는 것이 무섭다면 연기댁처럼 선글라스를 끼고 볶아도 된다. 집에서 볶기가 귀찮으면 방앗간으로 가시라. 고슷게 잘 볶아 줄 것이다.

불 위에서 보글보글 끓고 있는 조청에 볶은 참깨와 먹고 싶은 견과류를 넣고 뒤적거린다. 조청과 어우러진 참깨를 너른 판에 탁 엎어 놓고 밀대로 쓱쓱 밀어 준다. 판판하게 밀어 준 참깨를 썩썩 먹기 좋게 자른다. 아무 때나 먹어도 좋고, 손님 오시면 다상과 함께 내놓아도 좋다.

갓쓴
고양이

매 운 닭 볶 음 탕
○ ————————————————————

● 이소룡 아부지

13평 아파트에서 13년을 살다가 단독으로 이사 온 지 한 달 만에 집 안에서 이상한 일이 벌어졌다. 밤이면 밤마다 집 안 곳곳에서 끊임없이 고양이 울음소리가 들리는 것인데, 도대체 슬금슬금 살금살금 어디에 모여서 이토록 징글맞게 울어대는가. 잠시 잠깐도 아니고 밤에 시작해서 새벽에 끝나 잠도 제대로 못 잔다. 이놈들은 목구멍이 아프지도 않은지 매일같

○

이 울어 대니, 속이 부글부글 끓어올랐다가 잠깐 딴생각에 몸서리를 치기도 했다.

혹시 우리가 모르는 사연이 이 집에 숨겨 있는 것은 아닐까. 누군가 아무도 모르게 죽었거나, 아니면 사연 깊은 여인네가 숨 고르다가 떠나간 곳은 아닐까. 별의별 생각이 온몸을 통해 스쳐 지나갔다.

어둠이 내리고 불이 켜지면 아무 소리도 들리지 않다가도, 불 꺼지고 침묵이 발바닥까지 닿으면 귀신처럼 소리도 없이 나타나 밤새 울어 댔다. 이상하게 한 놈이 울어 대면 조금 지나 여러 마리가 한꺼번에 울어 댄다. 귀신이 곡할 노릇이지, 이것이 무엇인지 알 수가 없었다.

하루는 아부지가 고양이 울음소리가 들리는 곳이 어디인지 찾아 나섰다. 한참을 둘러보던 아부지가 찾은 곳은 다름 아닌 우리 집 장광이 있는 옥상이었다. 한 달 동안 내내 울어 댄 곳이 옥상이라니, 엄니와 마주 보고 혀를 내둘렀다.

"시방 이게 오쩐 일이여. 머리 위에서 울고 자빠졌으니 여태꺼정 몰랐네. 이거 큰일 나 부렀네. 이제는 장광에다가 뭐 하나 널어놓지도 못 허겄구만. 괭이 주둥이가 오찌나 고급인지, 숨겨 놔도 잘 찾아 먹는다니께."

낮에 아무리 둘러보아도 보이지 않던 고양이를 검거하기 위해 아부지는 대나무밭에 들어가 장대 하나를 잘라 왔다. 그리고는 더디 오는 밤을 기다렸다. 그날 밤 일찌감치 불을 끄고 옥상 계단에 쭈그리고 앉은 아부지의 결의는 실로 대단했다. 아부지는 지난 한 달 동안 제대로 잠을 청한 적이 없었기에 예민함은 극에 달았다.

한참 동안 별을 세던 아부지가 장대를 바로잡고 비장하게 옥상을 향해 고개를 돌렸다. 고양이가 모여들기 시작한 것이다. 아부지 말씀에 따르면, 우두머리 검은 고양이가 옥상에서 늑대 같지도 않은 목소리로 '징글벨 징글벨' 울어 대자 고양이들이 감나무에서 옥상으로 살포시 뛰어 모여들었다고 했다.

대여섯 마리의 고양이가 한데 모여 딱히 무엇을 하는 것도 아니고 그저 울기만 해대는데, 대체 이게 무슨 조화 속인지…… . 나는 현관에 쭈그리고 앉아 아부지를 바라보았다. 살살 계단 하나씩 오르는 아부지를 뒤로하고 울기에 정신이 빠진 고양이를 향해 아부지가 장대를 있는 대로 후려쳤다. 넋 놓고 있던 고양이 머리통에 정통으로 떨어진 모양인데, '꽥!' 소리가 어찌나 컸는지 울부짖던 것들은 순식간에 사라져 버렸다. 옥상에서 달밤에 이소룡이 되어 '아뵤오오오' 소리치는 아부지만 남아 사정없이 장대를 휘둘렀다.

● 범죄의 현장

우리가 이사 오기 전에 할머니 한 분이 사셨다고 했다. 외로 워 의지 간이 필요해서 생선 대가리라도 줬는지, 아니면 귀가 먹먹해서 고양이 울음소리가 들리지 않았는지 알 수가 없는 상황에서 마주친 이 괴기스러운 광경에 헛웃음만 나올 뿐이 었다. 아무리 생각해도 우리 집 옥상이 이놈들의 모의 장소이 자 일 처리를 하는 곳이라니 어안이 벙벙했다. 어쩐지 간간이 쥐 새끼의 사체도 보이더니만······.

이놈들 짓이었다는 것을 안 우리는 옥상을 탈환하기 위해 어떻게 해서든 고양이를 쫓아내야만 했다. 그런데 고양이라는 동물은 아주 영악하여 자기를 괴롭히는 사람에게는 꼭 해코지 를 한다 했다. 준비를 단단히 하지 않으면 안 되었다. 이런 마 음으로 더 이상 우리 집 옥상을 범죄의 현장으로 두어서는 안 된다는 결론을 가지고 수사에 착수했다.

아부지는 해장부터 시내로 나가 쥐잡이 끈끈이를 대여섯 개 사 가지고 오셨다. 두툼하게 옆구리에 끼고 오는 모습이 전장 에 나가는 장수 같았다. 그렇지, 이게 전쟁이지. 고양이와의 한 치도 양보할 수 없는 전쟁이지. (이 글을 읽는 분들은 오해하지 마시 라. 고양이에 대한 편견과 오해가 있는 것은 아니다.)

해가 기웃기웃 감나무에 걸치자 아부지가 끈끈이를 펼쳐 들고 옥상으로 올라갔다. 끈끈이를 눈에 잘 띄지 않는 곳에 올려놓고 날아가지 않게 돌로 눌러 놓았다. 끈끈이는 A4 용지보다 약간 큰 종이로, 접착제가 붙어 있어서 한번 붙었다 하면 잘 떨어지지 않아 쥐잡이용으로 많이 쓰인다.

"내가 오늘은 결단을 내버릴 테니께. 사람이 잠을 자게는 해야 쓸 거 아녀. 아무리 미물이라도 대가리는 돌아가는구만, 오째 이 염병헐 것은 돌아가지가 않느냐고."

아부지는 끈끈이를 펼쳐 놓는 내내 분을 삭이지 못하고 혼잣말로 고양이를 잡고 있었다. 어찌 되었든 오늘부터는 고양이의 집회 장소가 바뀔 거 같다는 생각이 들마루에 펼쳐졌다.
고양이들의 반상회가 오늘로 막을 내릴 것이다. 그대들이여, 노여워하거나 억울해하지 말라. 정녕 그대들의 모임 장소는 우리 집 옥상이 될 수 없으니 다른 곳을 찾아보도록 하라. 다시는 '징글벨 징글벨' 울지 말기를 바라는 마음이다.

●어둠 속 그림자

그날 밤 우리는 숨을 죽이고 고양이를 기다렸다. 그러나 매일 와서 울던 고양이는 어디로 가고 바람만 성질나게 불어 댔다. 하루가 이틀이 되고 이틀이 사흘이 돼도 고양이는 그림자조차 얼씬하지 않았다.

고양이 울음소리도 들리지 않고 모든 것이 안정을 찾아갈 무렵, 어둠 속에서 살포시 발을 내딛는 것이 있었으니……. 그것은 바로 검은 고양이였다. 아따, 자세히 살펴보니 고양이들이 다니는 길이 있었다. 우리는 사방팔방에 끈끈이를 놓아두었는데, 고양이는 이를 깔보듯이 워킹 캣츠의 위엄을 살포시 보이며 요리조리 피해 다녔다. 그리고는 며칠 동안 울지 못한 목울음을 합창으로 펼쳐 주시니, 울 아부지 장대 들고 달밤에 뛰어가 이소룡 권법을 다시 날려 주셨다.

"아뵤오오오오!"

다음 날 엄니는 고양이 다니는 길에 끈끈이 세 개를 놓아두었다. 뭣도 알아야 해 먹는다고, 엉뚱한 데 놓고 고양이들의 웃음거리가 되자 엄니 속도 여간 부글부글 끓는 게 아니었다.

"이노무 꽹이 새끼들은 왜 하필이믄 우리 옥상에서 반상회를 하고 자빠졌냐구. 이것들을 확 요절을 내 뻐릴라."

한나절 내내 고양이의 살금살금 권법에 열이 있는 대로 오른 엄니와 아부지는 저녁을 드시면서도 내내 고양이 생각뿐이었다. 밤 그늘이 깊숙이 방 안으로 들어오고 살랑살랑 감나무가 달을 간질거릴 때 갑자기 '야옹!' 소리가 우리 집을 깨웠다. 그 뒤로 다시 '야옹!' 소리가 크게 두 번 들렸다. 안방 문을 열고 나간 아부지가 크게 소리 질렀다.

"잡혔다!"

무슨 첩보 영화도 아니고 도둑고양이 쫓아내기 작전에 이리도 기뻐하시는 아부지를 바라보는 나도 미소가 절로 나왔다. 한밤중이라 밖은 어떤 상황인지 알 수 없어 모두 아침이 오기를 기다렸다.

감나무에서 참새가 지랄 맞게 울어 대니 아침이 온 건 분명한데, 우리 집 개 진순이가 조용해서 알 수가 없었다. 옷을 주섬주섬 챙겨 입고 일어나 밖에 나가자 아부지가 천천히 옥상으로 올라가고 계셨다.

"잡혔어요?"
"아녀. 근디 끈끈이가 다 읽어졌네."

이리저리 둘러보다 대문을 열고 밖으로 나가는 아부지를 진순이가 멀뚱거리며 바라봤다. 헌데 고양이 잡는다고 펼쳐 놓은 끈끈이가 진순이 주둥이에 붙어 있었다. 이게 뭔 놈의 조화 속인지 알 수가 없었다. 짖지도 못하고 낑낑거리며 대문만 바라봤을 진순이를 보고 있자니 웃음이 나오기도 하고, 안쓰럽기도 해서 참으로 거시기했다.

어렵사리 진순이 주둥이에서 끈끈이를 떼어 내고 상처 난 자리에 후시딘까지 발라 주었다. 그제야 어젯밤 참극이 진순이의 패배로 돌아갔음을 알 수 있었다. 고양이와 무림 권법을 사용하며 대결했을 진순이가 결국은 끈끈이를 붙이고 순순히 물러났음을 직감으로 알아챘다.

아, 야생 속 무림의 세계는 이리도 매정하구나. 뒤도 돌아보지 않고 돌아갔을 검은 고양이 생각에 그저 진순이만 멍하니 바라봤다. 정말이지, '찍' 소리도 못하고 진순이의 주둥이를 닿아 버린 검은 고양이는 정녕 무림의 고수가 아닐까.

●대머리 고양이

참깨밭에서 끈끈이 하나를 찾아왔다. 세 개를 놓아두었는데 두 개는 찾았고, 아무리 돌아다녀도 하나는 찾을 수가 없었다. 아부지도 이리저리 밭을 뒤지며 찾으러 다녔으나 발견되지 않았다.

그날 밤부터 신기하게 고양이가 보이지 않았다. 반상회도 어제로 끝난 것이 분명했다. 그렇게 며칠이 지난 어느 날, 논물 보러 나갔던 아부지가 휘적휘적 대문을 열고 들어와 엄니를 불렀다.

"경희 어매? 혹시 갓 쓴 고양이 본 적 있는가?"

"그게 몬 소리여. 갓 쓴 고양이라니?"

"아, 글씨, 논물 보러 가는디 풀숲으로 뭐가 지나가잖어. 찬찬히 보니께 대문짝만 하게 '끈끈이'라고 써 있는 겨. 그래서 조용히 따라가 보니께, 글씨, 꺼먹 고양이 머리에 끈끈이가 딱 붙은 겨. 그 모습이 웃기기두 허고, 짠하기도 혀서 떼어 주려고 했더만 그냥 도망가 버리는 겨."

끈끈이 세 개 중에 하나가 옥상 교주였던 검은 고양이 머리에 붙은 모양이었다. 그로 인해 우리 집 옥상 반상회는 끝이 났고, 간혹 보이던 갓 쓴 고양이는 어느 날 대머리가 되어 동네를 돌아다녔다.

울 엄니 그날 저녁, 냉동실에서 좌정하고 앉아 있던 닭을 꺼내서 참나무 도마에 탁탁 쳐 대더니 매운닭볶음탕을 했다. 다른 날보다도 국물이 얼큰하고 시원했던 이유는 아마도 고양이 때문이었을 것이다.

"아따, 오늘은 닭괴기도 연하고 국물도 션하니 좋네. 우째 이리 잘 끓였댜?"
"참말로 벨일이네. 내가 괭이 덕을 다 보구."

음식 타박이라면 타의 추종을 불허하던 아부지의 칭찬에 엄니 입꼬리가 귀까지 올라갔다.

매운닭볶음탕

먹어 봐야 맛을 아는 것은 아니다. 생각만으로도 입에 침이 고인다. 내 입안이 그렇다는 말이다.

잘 다룬 닭에 물과 술을 넣고, 요즘 장바닥에 여기저기 깔린 감자를 싹둑싹둑 썰어 넣는다. 양념으로는 고춧가루, 고추장을 쓴다. 고추장을 많이 넣으면 맛이 텁텁해지니 알아서 넣도록 한다. 다진 마늘, 양파, 대파, 간장, 매운 고추를 착착 넣고 바글바글 끓기 시작하면 불을 줄여서 조린다.

집집이 당근을 넣기도 하고 대추와 밤, 한약재를 넣기도 한다. 모두 제각각 집안 입맛이라 그저 맛나게 드시기를!

○

3부

벼룩의 간을 빼서
회 쳐 묵어라

춤
타령

쇠 고 기 미 역 국

○ ─────────────────

● 벼룩의 간을 빼서 회쳐 묵어라

"내가 그때 갔어야 혔어. 그때 갔으믄 이 꼴 저 꼴 보지 않고 맴이라도 편안했을 거 아녀. 내가 죄인이여. 죄인이구 말구. 막둥이 수명통에 처박어 두고 목구녕으로 괴기 국물이 넘어갔으니…… 시집와서 처음 생일 챙겨 준다고 울 엄니가 준 것이 쇠괴기 아녀. 참말로 나가 무신 정신으로 그걸 끓여서 목구녕으로 넘겼나 모르겄당께. 내가 그 뒤로는 쇠괴기를 안 먹는당께."

○   117

"증말루 안 먹었남?"

"한 입 가지고 두 말은 안 혀."

"그럼 접때 묵은 것은 돼지괴기인감?"

"온제?"

"영칠이 왔을 때 툇마루에서 구워 먹더구만. 영칠이가 한우 드시라고 입 앞까지 모시던디!"

"온제? 난 생각도 안 나는디 오째 성님은 그리도 기억력이 좋은가 모르겄네. 내 머릿속에는 암것도 읎구만."

"다 잊어버리믄서 오째 그것은 못 잊고 날이믄 날마다 나발을 불고 난린지 모르겄어."

"그걸 오째 잊어. 다른 건 다 잊어두 그건 나 죽을 때까지는 못 잊는당께. 내 속은 썩은 염전이여. 어미가 되어 가지고 새끼 저승밥 먹는디, 오디 내가 밥상 위에 숟가락을 얹겄어. 참말로 그건 못 허지. 내가 무신 부귀영화를 누린다고 새끼 죽는 줄 모르고 먹국을 떴으까. 이리 살믄 뭐가 좋다고……."

"개똥밭에 굴러도 이승이 좋다는디 오째 자네는 몇 년이 지나도 레파토리가 변하지를 않나 모르겄어."

"성님도 맨날 똑같은 얘기 하믄서 그랬사."

하늘 위에 떠 있는 것이 구름이었던가, 날아다니는 낙엽이었던가. 스쳐 가고 쓸고 가는 것이 바람만이 아니었다. 소주 석 잔에 흥건해진 입술이 달짝지근하게 흔들렸다.

"그나저나 영칠이는 왜 온 겨? 아주 엄니를 극진히 모시더만."

"속 시끄러워서리. 그 미친놈이 돈 읊느냐고, 있으믄 달라고 왔더라고. 접때 땅뙈기 줬더니만 그 땅에 골프장 한다고 미친 년 널뛰듯이 날아다녔잖여. 거시기, 리조트인가 뭐시긴가 들어와서 쫄딱 망하고 나 몰라라 서울로 도망쳐 버리더니, 인제 와서 또 달라고 지랄을 허드라니께."

"지 어매 닭 조는 것맹키로 하루하루가 끄떡끄떡인디, 오디 손 벌릴 데가 읎어서 나물 팔아 연명하는 사람한테 왔는가 모르겄네."

"암만, 지가 무신 국회 의원도 아니믄서 몇 년 만에 얼굴 내밀고 괴기 물리믄 내가 좋아라 할 줄 알았나베. 일 년에 한 번 올까 말까 하던 인사가 호주머니에 돈 떨어지니께 혓바닥 내밀고 들어오는디, 걍 줘 패고 싶드라니께. 지 장모헌티는 하루가 멀다 하고 개 새끼맹키로 꼬랑지 살살 흔들며 달려가믄서, 돈 필요할 때는 꼭 나헌티 오지. 참말로, 새끼라고 둘이라고 있는 게 웬수여. 한 놈은 저 지랄로 날뛰지, 한 년은 이혼하고 소식도 읎지. 아이고, 이 냥반은 일찍 가서 막둥이 손잡고 있을 텐디, 나도 가고 잡당께."

"돈 앞에는 장사가 읎는 겨. 근디 자네가 뭔 돈이 있어서 발바닥 불이 나게 왔나 모르겄네."

"그러니께 말여. 먹고 죽을 돈도 읎어. 이 집도 반 토막 난 지가 온젠디, 뭘 찾으러 왔나 물러."

"혹시 자네 딴 주머니 찬 거 아녀? 그러니께 염치 몰라라 허고 영칠이가 왔지, 왜 왔겄어."

"니미, 벼룩의 간을 빼서 회 쳐 묵으라 혀."

바람이 툇마루에 머물다가는 꽃 할매 옷깃을 잡았다 놓았다 하면서 이리저리 달려 다녔다. 자식들은 산다는 게 입안에 풀칠하는 일임을 모르고 자기 혼자 큰 줄 안다고, 새끼 목구멍에 풀칠하느라 한평생 보냈는데, 나이 처먹을 대로 먹어 놓고 저승을 코앞에 둔 지 어미한테 또 풀칠해 달라 한다. 이 요상하고 이상한 조화는 무엇인지 한숨이 눈앞을 가로막았다.

● 꽃 할매, 앵두 할매

꽃 할매와 앵두나무 집 할매가 마주 앉아 세월 속에 묻어 둔 이야기를 몇 년 묵은지처럼 가끔 꺼내서 밥상 위에 놓아두고 나누곤 했다. 해가 뜨면 뜬다고 얘기하고, 해가 지면 진다고 얘기했다. 봄이면 살구꽃이 핀다고 마주 앉아 얘기하고, 여름이면 모깃불 피워 놓고 소쩍새 소리 소재 삼아 얘기했다. 저승 갈 길 멀지 않았다고, 가을이면 바스락거리는 낙엽에 모가지 숙인 벼 추수 얘기를 했다. 겨울이면 혓바닥 쩍쩍 달라붙는 추위에 관해 얘기했다. 그 끄트머리에는 꼭 울며불며 먼저 요단 강 건너간 아들 얘기를 빠트리지 않았다.

꽃 할매는 육 남매를 나물 팔아, 약초 팔아 잘 키워 놨는데 할배는 영판 잘못 키웠다고, 툇마루에 앉아 지붕 그늘만 만지작거렸다. 개도, 할매도, 자식들도 피하는 춤바람에 여러 할매 손 마주 잡고 블루스니 차차차니 아무렇지도 않게 밟으시는 꽃 할배가 마당 가득 피어 있는 꽃을 스치며 읍내로 나가신 지 한나절이었다.

꽃 할배는 춤꾼이다. 펄렁이는 바지 바람에 참말로 바람 잘 날 없다고, 꽃 할매 딱따구리마냥 따따따딱 쪼아도 아랑곳하지 않고 빈 마당에서 차차차를 열심히 밟았다. 구두 바람이 먼지를 일으키며 개 콧구멍으로 들어가면 연신 앞발로 코를 비비던 개가 쇠줄을 끌고 자기 집 뒤편으로 자리를 옮기곤 했다.

앵두나무 집 할매의 눈물 없는 곡소리에 문짝 그늘도 바짝 말라 갔다. 마당을 뒹굴어 다니는 할배 혼백을 불러도 대답은

○

없었다. 어찌 되었든 꽃 할매 의지 간에 앵두나무 집 할매 눈 가는 젖어서 깊은 주름으로 앉은 지 오래다.

"이제 고만 울어. 아무리 울어도 대답 읊는 그대 아녀?"
"에휴, 눈물이 자꾸 새는디……."
"자네 엄니가 오죽했으믄 쇠고기 끊어 가지고 왔겠어. 다른 거 생각 안 하고 딸 하나만 보고 사 온 거잖여. 산골에다가 내버리듯이 시집보낸 게 맘에 걸려서리 가슴팍에 끌어안고 사 온 거 아닌감? 엄니가 끊여 주니께 눈물로 먹은 거 아녀? 그라고 막둥이가 수명통에서 놀고 있던 것도 자넨 몰랐잖여. 그러니께 자꾸 놓아 버려. 그래야 자네 남은 인생 잘 붙들고 갈 수 있는 겨, 암만."

꽃 할매 해묵은 말에 앵두나무 집 할매도 흐느끼다가 그예 술잔 앞에 놓고 꺼익꺼익 대성통곡을 했다.

"쇠고기뭇국은 조선간장 넣고 오랫동안 바글바글 끊여야 맛이 깊어지는 겨. 덜 끊은 거 묵으믄 니 맛인지 내 맛인지 모른다니께. 자네도 오랫동안 지글지글 속 끊이고 살았으니께 이제는 좀 놓아 버려. 자네만 생각허고 살어. 나도 춤바람 난 영감헌티 소리 바락바락 지르고 살지만 오쩌겠어. 죽을 날 받아놓은 것맹키로 자기가 하고 싶은 거 하다가 죽겠다는디. 지르박을 추든, 꽉 끌어안고 추는 거시기, 뭐, 뭐지? 그거?"

"브루스, 브루스."

"그려, 그거. 하여튼 난 신경 안 쓰고 사네."

"블루스인가……."

　서쪽으로 기울던 해가 두 양반 앉은 자리에 빠끔히 꼽사리로 끼어 앉아 불콰하니 술 한잔 탁 털어 넘겼다.

쇠고기미역국

양지머리 끊어다가 손가락 한 마디쯤 되게 썰어서 식구 수만큼 물을 넣고 바글바글 끓인다. 찬물에 바락바락 닦은 미역도 먹기 좋게 썰어서 넣는다. 마늘은 눈물이요, 조선간장은 속 끓인 애간장이라, 그것을 담뿍 넣어 양지 국물 우러나게 오래 끓이다 보면 잊어버린 고향 냄새가 코끝에 아련하게 피어오를 것이다.

참말로 드럽게
못생긴 염소 시키

☗쎄헌 게 거시기허네

겨우내 그림자처럼 달고 다녔던 감기도 잠잠하고 날도 따뜻
해서 오랜만에, 그렇지, 참말로 오랜만에 엄니와 함께 조카들
을 데리고 길을 나섰다. 찬 바람이 가라앉자 그 사이로 봄바람
이 비집고 들어왔다. 움조차 트지 않은 흥이 쭉 뻗은 십 리 벚
꽃길을 달리며 오를 대로 올랐다. 길은 쭉쭉 뻗어서 이 차선이
모두 나를 위한 도로 같았다. 그랬다. 여기까지는 찬 바람에 섞

인 봄바람처럼 따뜻하여 참말로 좋았다.

성주산 밟고 주렴산 냇가 근처에 내려 맑은 공기로 콧구멍 청소를 해주고 있는데, 흑염소 여러 마리가 이리저리 왔다리 갔다리 풀을 뜯어 먹고 있었다. 보아하니 한 가족 같았다. 조카 서현이와 정희는 그저 신이 나서 이놈, 저놈, 예이, 여허, 소리를 지르며 염소 가족을 몰았다. 다섯 살 먹은 정희는 중간 중간 추임새를 넣으며 자진모리장단인지, 굿거리장단인지 모를 장단을 제대로 맞추고 있었다.

양지를 찾아 간간이 오른 쑥도 있고, 눈 모르게 핀 개불알꽃도 보였다. 작년쯤 달아매 놓았을 시락지가 감나무에 매달려 사그락거렸다. 간지러운 듯 감나무 가지가 파르르 떨렸다. 천천히 불어오는 봄바람에 한껏 흥이 오른 것 같았다. 한참 동안 매바위를 휘돌아 가는 물을 바라보는데, 냇가 근처에 있던 엄니가 나를 불렀다.

"거시기, 저놈이 참말로 이상허네. 아까 전부터 계속 우리만 바라보는디, 느낌이 쎄헌 게 거시기허네."

돌아보자 참말로 흑염소 중에 뒤로 젖혀진 뿔이 겁나게 멋진 놈이 우리를 한참 동안 바라보는 것이 아닌가. 나를 무시

하고 엄니를 쏘아보는 눈빛이 영락없이 호랑이 눈빛이었다.

"저게 미쳤나. 왜 저 지랄로 사람을 빤히 쳐다보고 자빠진 겨."
"언능 아그들 불러. 눈알이 퍼런 게 이상허니께."
"염생이 눈깔이 퍼렇지, 뻘겋남?"
"시끄런 소리 접어 두고 언능!"

조카들 부를 사이도 없이 뿔 젖혀진 놈이 한 발 두 발 걷다가
엄니에게 천천히 달리는 것인데……. 어느새 달려왔는지 조카
들은 차 속으로 후다닥 들어갔다. 아이들도 순간 위험을 감지
하는 센서를 머리에서 작동시킨 것이다.

🍲 영감 저승길 동기

저 멀리 흑염소 주인 할매가 달려오며 소리를 질렀다. 엄니
는 뒤로 걷다가 순간 빛의 속도로 달려오는 염소를 향해 가방
을 휘둘렀다. 절권도 대부인 이소룡도 울고 갈 정도의 가방 필
살기가 달려오는 염소 속도보다도 빨랐다. 종합 병원인 몸으
로 디스크에 척추 협착증을 훈장처럼 모시고 다니는 양반의
솜씨라고는 믿지 못할 정도로 빨랐다.

"저, 저 씨키, 저 씨키, 안 가! 이 씨키야!"

웃어야 할 상황인지, 돌멩이 들고 달려가야 할 상황인지 도통 알 수 없는 순간이었다. 얼굴마저 붉게 달아오른 엄니는 가방으로 허공을 휘젓고 있었다. 그때 주인 할매가 달려와 막대기를 냅다 흑염소에게 던졌다.

"오딜 또 지랄이여! 안 가! 이런 씨부랄 염소 시키야! 오디서 또 지랄이냐고! 잉? 이 써글 놈 시키! 아이고, 나 죽겠네, 헥헥."

얼마 달리지도 못하고 헥헥거리던 주인 할매가 내 앞에서 고꾸라질 뻔했다. 뿔이 멋있게 젖혀진 염소는 주인 할매를 보고는 슬금슬금 뒤로 빠져 자기 식구에게 돌아갔다. 주인 할매를 부축하고 있던 나는 엄니를 바라봤다. 엄니는 붉은 얼굴로 씩씩거리며 염소를 향해 무언의 욕을 마구 퍼붓고 있었다.

"아줌니, 안 다쳤소?"
"암시랑토 안 혀유."
"다행이구먼. 저 씨부랄 것이 수놈인디, 글씨, 마누라를 지킨다고 저 지랄 안 허남. 누가 지 마누라 건드린다고 오는 사램마다 뿔로 처박으려고 혀. 내가 저놈 지켜보다가 하루가 다 간다니께. 접때도……, 아이고, 나 죽겠네. 아이를 받아서리 아주 약값 물어 줬다니께."

"상습이구먼. 근디 마누라가 겁나게 이쁘긴 이쁜가 보쥬."

"두 마리여."

"마누라가 둘이유?"

"암만. 솜씨도 좋아 부러. 나는 접때 콩밭으로 간 영감탱이 빼놓고 한 명두 없는디, 저 잡것은 두 마누라를 옆구리에 끼고 댕긴다니께."

"아따, 할매도 혼자구먼유."

"아줌씨도여?"

"5년 됐슈."

"어라? 나도 5년 됐는디? 온제 가셨남?"

"1월인디. 해는 안 넘기고……."

"그려? 우리 영감탱이두 1월에 갔당께. 아따, 우리 동기구만."

"영감 저승길 동기쥬?"

"암만."

엄니나 염소 주인 할매나 어찌 그리 닮았는지, 두 분 얼굴 바라보다가 문득 봄을 제대로 만났다. 차 안에서 소리 지르며 빨리 가자고 조르는 조카들 뒤로하고 멀리 떨어져 있는 염소 가족을 바라보다가, 엄니와 할매 바라보다가 나도 모르게 웃음이 나왔다.

●염생이만도 못한 년이 누군지 알어?

이런저런 얘기 끝내고 차를 몰고 오는데, 염소에 대한 분이 가라앉지 않은 엄니가 한 말씀 하셨다.

"참말로 못생긴 게 마누라는 쌍으로 됐다고 드럽게 지랄이네. 근디 니년은 오째 염생이만도 못허냐…."

"내가 뭐랬다고 그려?"

"암만 생각혀도 그렇잖여. 너는 안 그려? 생각나는 게 많을 텐디?"

"암 생각 읎거든."

"허긴, 생각이 있는 년이었으믄 이러지 않지."

뭘 어쨌다고 꼭 마지막 화살은 내게 돌아오는지 도통 알 수가 없다. 이 조화 속을 어찌할까나.

130　　　　　○

시락지된장국

"같은 배에서 나온 쌍댕이도 입맛은 다른 벱이여. 오찌 내가 무신 요 술쟁이두 아니고 제각각인 입맛을 어떻게 맞추냐, 이 딸년아."

엄니가 하신 말씀이다. 시락지국을 끓였는데 접때는 맛이 없다가 이번 에는 아주 맛있어서 한마디 던진 것이 이리 부메랑이 되어 돌아왔다.

겨울바람에 잘 마른 시락지를 닦아서 큰 솥에 넣고 바글바글 끓인다. 손으로 심지를 만졌을 때 퍼지면 잘 삶아진 것이다. 삶은 시락지를 건져 찬물에 담겄다가 먹기 좋게 쫑쫑 썰어 놓는다. 된장 넣은 멸치 육수가 끓으면 시락지를 넣는다. 한소끔 잘 끓으면 꺼내서 밥상 위에 놓는다. 쇠고기를 썰어 넣고 끓여도 맛이 아주 좋다.

시락지는 여러모로 쓰임이 아주 좋다. 무침도 좋고, 맑은 쇠고기시락 지국도 좋다. 먹어 봐야 맛을 알고, 맛을 알면 엄지손가락이 척 올라 온다.

○

쌀 씻어서
밥 짓거라 했더니

"쌀 씻어서 밥 짓거라 했더만 시방 이게 뭔 일이여! 아이고, 애가 지금 뭐 하고 앉았다냐. 쌀을 그렇게 씻는 사람이 오디 있어, 잉? 뭐를 맡겨 놔도 불안해서리 오디 궁둥이 디밀고 똥이나 싸겄냐? 오째 사램이 그렇게 한 구녕씩 빠지냐고. 그리 쌀을 씻으믄 다 빠져나가지. 손으로 조심스레 안듯이 주둥이에 대야 쌀 한 톨도 안 나가지."

"그냥 대충 씻어. 뭐, 그렇게 신경 쓰고 살어."

"그럼 니년은 목욕탕에 가서 대충 씻지, 왜 그리 박박 밀고 있냐?"

"왜 그렇게 비교하고 그래? 내가 뭐랬다고."

"쌀은 말여, 곡진히 뫼셔야 하는 것이여. 봄 가뭄에 애가 타고, 여름 가뭄에 심장이 쪼그라들고, 가을 태풍에 숨이 왔다리 갔다리 하는 겨. 그렇게 곡진하게 모시는 게 쌀님인디, 니미, 넘들은 조선 쌀 안 나오믄 다른 나라 쌀 사 먹으믄 된다고들 하더만. 그것이 뭐여! 조선 땅에서 나는 쌀도 농약을 얼매나 쳤는지도 모르고 먹는구만, 하물며 다른 나라 쌀은 워떠겄어."

"그러니께 나 주고 들어가서 쉬어."

"시끄런 소리 하지 말고 살살 문질러. 그놈의 힘은 없어지지도 않나. 박박 문질러서 쌀눈 깨지게 하지 말어. 어르고 달래야 밥도 잘되는 겨. 너처럼 했다가는 솥단지 안에서 쌀알이 펄펄 날아댕기니께 정성시럽게 하란 말여."

"오늘따라 왜 그리 말씀이 청산유수여. 밥이 되든 죽이 되든 내가 한다고. 한번 맡겼으면 끝까지 맡겨야지, 왜 그려?"

"다른 건 몰라두 밥은 정신 차려서 하라고 야그하는 거구먼. 듣기 싫은 소리가 약이여. 삼십 분 불렸다가 하는 것은 심심풀이구. 챙겨 들어, 잉?"

한 마디가 열 마디가 되어 돌아오는 부메랑은 끄떡없이 내 안으로 훅 들어왔다. 그래도 농사지었던 아부지 생각하면 엄니 말씀이 참말로 값지다. 농사를 지어 본 사람이 농부의 마음을 안다. 멀리서 지켜보는 안타까운 마음이 한가득 경운기 소리로 들락거렸다.

요즘 밥은 거시기 쿡쿡이가 알아서 해 준다지만, 물 조절도 선에 맞춰서 넣기만 하면 된다지만, 쌀도 씻어 나와서 그냥 물만 넣고 끓이기만 하면 된다지만, 그것이 진정한 밥맛을 낼 수 있을까? 무쇠 솥단지 안에서 바글바글 끓으며 김이 오르면 뚜껑 열어 열 한번 식혀 주고, 쓰윽 행주로 앞뒤 주둥이를 닦은 뒤에 장작불을 빼내어 뜸을 들이는 밥맛. 아주 환장할 누룽지를 제공해 주는 그 밥맛을 낼 수 있을까?

아따, 세월이 빠르다 빠르다 해도 이처럼 쏜살같이 달려간다. 이제 무쇠솥은 어디로 가고 누르면 척척 아나운서 말씀까지 곁들어 밥을 해 준다. 나부터 공손하게 모시고 밥 좀 잘해 달라 비손이라도 해야 하는데, 옆에서 엄니는 꼬실꼬실한 밥을 먹으려면 물을 손등으로 맞추고, 좀 질게 먹으려면 손목으로 맞추라신다. 전형적인 옛 방식을 고수하시며 내 사랑 장동건 씨의 미소를 한 방에 날려 보내는 엄니는 정녕 강호의 고수가 아닐는지.

그렇다고 무쇠솥 사서 아궁이에 불 처넣어 밥을 지으라는 소리가 아니다. 그만큼 정성을 들여야 한다는 말이다. 손으로 쌀을 씻는다지만, 소리로도 씻고 눈으로도 씻는다. 씻는 소리에 따라 밥맛이 달라지니, 이 위대한 지혜를 가진 우리 조상님들에게 박수를!

울 아부지 살아생전 농사일에 심지를 박으셨다. 일 년 내내 논을 집 삼아 사셨다. 큰비라도 내리는 날이면 물꼬를 내느라 이리저리 논바닥에서 나오지 않으셨다. 농사짓는 일이 아이 키우는 일이라고, 일 년 내내 별을 헤아리며 땅을 지키셨다. 참새 떼 쫓으라고 우산을 손에 들려 주며 논 한가운데 서서 훠이, 훠이 소리 높게 지르라 하셨다. 그만큼 쌀에 대한 마음이 지극정성이어서 그런지, 우리 집은 쌀 한 톨의 눈물을 제대로 바라보지 못했다. 그러니 엄니의 말씀은 쌀을 공손히 받들어 모시라는 것이다.

밥은 녹차, 헛개나무, 구지뽕 뿌리 등을 끓인 물로 할 수도 있고, 도라지꽃을 쌀에 섞어 지으면 보랏빛이 환해서 밥맛을 돋우는 매력이 있다. 그저 맹물로만 밥을 하지 말고 감각적인 색을 보여 주는 밥으로 상을 차려 보시기를!

쌀밥

농부의 마음이 한가득한 것이 쌀이다. 쌀은 모든 것을 끌어안는다. 달도, 별도, 바람도, 해도 끌어안고 계절 내내 익어 간다. 익은 만큼 고개도 숙일 줄 안다. 밥값을 한다는 건 그만큼 하루의 도리를 다한다는 의미이다. 모든 것들을 받아들이는 쌀처럼 그대 가슴에 섬광 번뜩이는 쌀눈 같은 번개가 내려치기를. 하여 모든 것을 안으로 받아들이는 지혜가 생기기를.

맛이,
맛이 정말 끝내줘요!

그리 먼 시절도 아닌 것 같지만, 내 나이를 손가락으로 따지면 좀 먼 시절 이야기다. 뭐, 그렇게 우겨 보고 싶은 마음이다.

초등학교 3학년 때 우리 가족은 시골로 이사했다. 방문을 열면 바로 논밭이 펼쳐지는 곳. 봄여름에는 개구리 우는 소리에 밤잠을 설치기도 했다. 아침마다 요강을 들고 화장실로 가서 오줌을 버리고, 도랑으로 가서 호박잎을 따다가 닦기도 했다.

그전에 살았던 곳도 개구리 울고, 뻐꾸기 울어 대는 비슷한

137

곳이었다. 하지만 그곳은 초등학교 앞이어서 주변에 상가가 많았다. 나름 도회지 냄새가 코끝을 간질이던 곳이었는데, 돈이 원수라 사방이 허방인 곳을 두리번두리번하다가 결국은 팽나무가 길목을 지키는 이곳 시골로 들어왔다.

　내가 가진 추억 중 절반 이상을 차지하고 있는 시골에서의 생활은 다섯 식구의 웃음과 눈물과 가난이 적절히 섞여 흘러 다녔다. 작은 쪽방에 걸친 부엌을 집으로 삼았고, 연탄가스를 무슨 동치미 국물 마시듯이 마셨다. 연탄가스를 마시면 한겨울 땅바닥에 코 박고 엎드려 몸이 제자리로 돌아올 때까지 있어야 했다. 온몸을 휘감고 있던 연탄가스가 땅속으로 스며들 듯 없어지면 나는 앓는 소리와 함께 아부지에게 안겨 방으로 들어갔다.

　시골로 이사 온 후 개구리 우는 소리는 시끄럽지 않았고, 여름 뙤약볕은 그리 뜨겁지 않았으며, 감나무에 달린 홍시는 거짓말처럼 내 입안에서 녹았다. 처마에 매달린 고드름은 아부지의 무기가 되어 아침마다 늦잠 자던 우리 등에 살며시 들어와 화들짝 놀라 밖으로 뛰쳐나가게 했다.

　시골로 이사 와 겪었던 일 중 심장이 쿵쿵 내려앉았던 일이 있다. 학교 앞에서 살 때 끌고 온 빚이 그늘을 만들어 뒤죽박죽된 방 안을 바라봐야 했던 일이다. 돈 설움에 빚쟁이에게 쫓겨 뒷간에 쪼그려 앉아 우는 엄니를 어슴푸레 기억한다. 그날 아부지가 아무 말도 못 하고 거북선 담배를 한 대 물며 먼 산을 하염없이 바라보던 모습 때문인지도 모른다.

가을에는 노을이 논바닥으로 비켜 앉아 노랗게 익어 가는 모습을 봤고, 겨울에는 소눈깔 같은 눈이 함박함박 내리는 모습에 벌어진 입을 다물지 못했다. 한참을 넋 놓고 바라보다 보면 감나무에 쌓인 눈이 내 앞에 서 있는 듯했다. 그러다가 동생들 춥다는 아우성에 후다닥 문을 닫았다.

온통 천지가 하얗게 내려앉으면 집도 조용히 논바닥으로 내려앉았다. 논 한가운데 서 있는 감나무에 눈이 함박 앉았을 때도, 전깃줄에 눈이 칭칭 감겼을 때도 나는 늘 바라보기만 했다. 바라본다는 것이 참으로 아름다웠던 시절이었다.

옆집 살구나무 아저씨 집에서 봄날 가득 환한 논바닥에 모를 심는 날이었다. 동네 사람들 모두 모여 못줄을 잡고 모를 심으며 와자하게 잔치 아닌 잔치가 벌어졌다. 여기저기서 소리를 지르고 노래를 부르는가 하면, 어디를 가나 꼭 한 사람씩 막걸리를 엄청나게 드시고 여기저기 시비조로 욕하다 엉어터져서 집으로 가는, 뭐, 지금이야 영화 한 장면 같은 일들이 부지기수로 일어났다. 그래도 뭐가 그리 재미있었는지 동네 아이들은 거머리를 잡고, 여자아이들을 놀리며, 개구리처럼 와글와글 떠들었다. 살구나무 아저씨 집 부엌에서는 지짐이 부치는 냄새가 지름지름 올라왔고, 허기진 빈속으로 나는 살구나무 아저씨 부엌 그늘에서 서성거렸다.

초등학생 입맛이야 거기서 거기거늘, 뭘 그리 잘 알겠는가. 그래도 앵두 같은 입이라도 달고 다닌다고, 단지 쓴지 묵은지까지는 입맛으로 아니, 이 얼마나 대단하지 않나. 한동안 요란스럽던 부엌에서 아줌마와 울 엄니가 들고 나오는 쟁반에는 부침개, 돼지머리수육, 오이무침, 새우젓, 된장찌개, 총각김치, 나박김치까지 줄을 서고 있었다. '밥 자시고들 하셔!' 외치면 논물에 발 담그고 있던 아저씨와 아부지가 '어히, 어히' 소리를 질러 일하던 아저씨들의 등허리를 쭉 펴게 했다.

밥그릇에 고봉밥이 척척 담기고 돼지머리수육이 새우젓에 목욕하여 입으로 들어가면, 보는 것만으로도 침이 꼴깍꼴깍 넘어갔다. 가만히 지켜보는 것도 한계가 있어 누가 보든지 말든지 손으로 돼지머리수육을 한 주먹 가져다 입에 넣었다. 김치도 손가락으로 집어 마구 쑤셔 넣었다. 아궁이에 굵은 장작이 들어오니 불이 활활 타올랐다.

한참을 넋 빼놓고 먹고 있는데, 아줌마가 부엌에서 큰 냄비를 가지고 나와서 국자로 뭔가를 어른들께 한 그릇씩 퍼 주었다. 먹는 분마다 맛있다고 개구리처럼 합이 맞지 않는 합창을 했다. 다른 것은 굼뜨면서 먹는 것은 어찌나 재빠른지, 고기 달라는 동생을 밀치고 숟가락을 가져다가 입 앞에 대기시켰다. 옆에서 막냇동생은 계속 고기, 고기만 찾으면서 내 옆구리를 찔렀다. 젓가락 대신 손으로 고기 한 주먹을 집어 동생 손에 들려 놓고 내 앞으로 올 냄비 음식을 기다렸다.

아저씨들 차례가 돌아간 뒤에야 느지막이 건더기 조금 걸친 국이 내 앞에 도착했다. 나는 숟가락으로 조심스럽게 국 맛을 먼저 봤다. 헉, 이건 뭐지? 처음 맛보는 국이었다. 이번에는 손가락으로 머리카락 같은 것들이 얼키설키 있는 건더기를 집어 먹었다. 헉, 이 독특한 맛은 뭐지? 아, 맛이, 맛이 정말 끝내줬다.

그날 밤 나는 선 굵은 기름 똥을 엄청나게 눴고, 베개에 토를 엄청나게 해댔다. 물론 내 동생들도 오랜만에 배 속에 들어온 기름 것에 놀라 토하고, 싸고, 약을 먹었다. 엄니와 아부지는 힘든 몸으로 서로를 부추기며 새끼들 손가락에 침을 마구잡이로 찔러 새벽 피를 봐야 했다.

죽어서나 잊을 수 있을까. 모심다가 먹은 들깨머윗대탕! 어린아이 입맛에도 시골의 참맛을 느끼게 했던 들깨머윗대탕! 이건 그야말로 '탕탕탕!'이었다. 그 뒤부터 나는 여름만 되면 몸보신으로 들깨머윗대탕을 먹는다. 나이가 들어서는 엄니가 끓여 주지 않으면 내가 밭에 가서 끊어다가 해 먹는다.

시절이 그렇게 흘렀다는 사실을 나를 보고 아는 것이 아니라 자식을 보고 알고, 내가 살았던 집 처마의 기운 그늘을 보고 안다. 어린 시절 겨울이면 웃풍에 코가 시려 몸을 비볐던 집은 모두 길이 되었다. 구획 정리로 차분히 정리되면서 내 어린 시절은 길로 돌아갔다.

들깨머윗대탕

어찌 잊을 수가 있을까. 나이 마흔 고개 넘은 지 좀 됐는데도 잊지 않고 있다.

작년에 베다가 타작한 들깨를 갈아서 뽀얀 국물을 낸다. 머윗대 끊어다가 삶아서 껍질 벗겨 내고 먹기 좋게 썬다. 들깨 뽀얀 국물에 머윗대를 살포시 목욕시키고, 소금 간에 조갯살을 넣어 바글바글 끓인다. 아, 보지 않아도 보이는 이 무신 조화 속인가. 간간이 간을 보면서 맛을 조율하면 귓가에 '따라라라 따라라라' 피아노 선율이 들린다. 바글바글 끓은 들깨머윗대탕을 한 대접 떠다가 땀을 폭폭 흘리면서 먹으면 '삼계탕아, 저리 가라! 멍멍탕아, 저리 가라!'다. 그대여, 오늘 이 맛 한번 보시고 어떻게 길 밟아 나한테 오시든지…….

○

니들이 과부,
홀아비 맴을 알기나 혀?

호 박 오 가 리 볶 음

● 크리스마스? 크리스탕? 크리스탈

○○도 바닷가 그늘에는 끼리끼리 마음 맞춰 사는 세 분의 과부 할매와 홀아비 할배 한 분이 산다. 6·25 동란이 일어났을 때도 그냥저냥 섬 *끄트머리*에서 바닷속을 오가며 넘어갔다. 동란이 일어난 것도, 동란이 끝난 것도 모두 시간이 흐른 후에야 육지에서 온 사람들을 통해 알았다. 그만큼 이 섬이 바다 오지 중의 오지라는 것이다. 지금이야 하루에 한 번씩 들어오

는 여객선이 있다지만, 오래전에는 고깃배 없이는 이동할 수 없는 곳이었다.

경로당 마당 앞 빨랫줄에 걸린 호박오가리가 바람에 날리고, 그 속으로 속속들이 배어드는 주홍빛 햇살이 할매들 얼굴에 살포시 내려앉았다. 크리스탈 할배와 보리 할매는 보리밭에서 뒹굴며 뺑뺑 방귀를 뀌었던 연애를 했다. 만덕이 할매하고는 현재 썸을 참말로 거시기하게 타는 중이다. 글쎄, 호랑이 할매하고는 잘 모르겠다. 그냥저냥 바다를 함께 다닌다는 것 말고는 뚜렷한 거시기의 단서가 잡히지 않았다. 그저 말만 섞고 사는 사이 정도로 볼 수 있다.

네 분 중 한 분이 집에 가면 뒷말을 서슴없이 꺼내 놓는데, 말과 말 사이에 우주선이 슝슝 왔다리 갔다리 할 정도로 쉼표가 없다. 해서 되도록 집에 가더라도 다 같이 가고, 오더라도 전화 걸어서 다 같이 오니, 좁은 섬마을에 요상한 기운이 물 흐르듯이 흘러가고 있었다.

시골 동네 어디를 가나 경로당은 거의 비슷하다. 붉은 벽돌로 쌓아 올린 벽에는 호박이 떨어질 듯이 매달려 있다. 그 옆으로 국기 봉이 세 개. 이곳을 기점으로 할배, 할매는 달달달 유모차를 끌며 모인다.

호랑이 할매 왈,

"크리스마스 할배는 왔남?"

만덕이 할매 왈,

"크리스마스가 뭐여. 크리스탕이라니께."

호랑이 할매 왈,

"부르는 게 뭐가 그리 중요혀?"

보리 할매 왈,

"크리스마스두 크리스탕두 아녀. 크리스탈이여. 뭘 알고들
말혀야지, 암것두 모르면서 난리여."

크리스탈은 서울에 사는 아들이 아부지 홀로 적적하시다고
지난 설에 가슴팍에 안고 온 강아지 이름이다. 이 보따리 저
보따리 싸 가지고 와서는 방바닥에 떡하니 풀어 놓은 것이 개
사료, 개 껌, 개집, 개 옷, 개 기저귀, 개 밥그릇이었다. 할배는
기가 막혀서 멍하니 개 새끼만 바라봤다.

아들이 서울로 돌아가자 애물단지도 그런 애물단지가 없었
다. 늘그막에 마누라 먼저 보내 놓고 편히 사나 했더니, 상전

도 그런 상전이 따로 없다고, 그여 애완용 강아지를 똥개로 만들어 버렸다. 개 새끼는 개 새끼 본연의 자세로 집 안에 들여서는 안 된다며 밖으로 내몰았다. 크리스탈은 곱고 예쁘던 털이 엉켜 버리고 똥에 범벅된 채 나날이 할배의 욕으로 주름살을 늘리고 있었다.

"저 개 새끼는 왜 사 와서 난리여. 육지 장에 가믄 삼만 원 주믄 살 걸, 돈도 지랄이 풍년이여. 지 아부지 보약이나 한 제 지어 오지, 개 새끼는 왜 껴안고 오고 지랄이여. 염병할······."

●괭이 똥구녕맹키로 뵈지도 않네

섬에서 보리농사를 실하게 지은 사람이 보리 할매다. 여러 노인 중에서 재산을 가장 많이 가지고 있는 사람도 보리 할매다. 그래서 크리스탈 할배가 먼저 손을 내밀었나? 뭐, 그래 봤자 보리 할매 자식들한테 다 갈 게 뻔한데······. 여하튼 셋 자식 농사도 잘 짓고, 보리농사도 잘 짓고, 갯것 잡아다가 용돈 벌이도 잘하고 계시니, 무릎 관절염만 없으면 사는 게 그리 나쁘지만은 않다고 콧노래를 자주 불렀다.

경로당에 먼저 온 세 할매가 방바닥에 화투판 이불을 펼쳤다.

크리스탈 할배는 깜깜무소식이었다. 앉은 자리를 가만히 살펴
보던 만덕이 할매가 호랑이 할매에게 자리를 바꾸자고 했다.
싫다는 호랑이 할매 엉덩이를 밀치고는 그 자리에 너른 엉덩
이를 철퍼덕 놓았다. 경로당 문이 잘 보이는 자리였다.

　호랑이 할매 왈,
　"아따, 오늘은 패가 괭이 똥구녕맹키로 뵈지도 않네."

　보리 할매 왈,
　"백내장 수술 받어야 하는 거 아녀? 접때도 그래쌌더만."

　만덕이 할매 왈,
　"무서워서 오디 받겄어. 내 눈 속으로 바늘이 찬찬히 오는 게
보이는디. 참말로 거시기 빤스에 오줌을 지렸다니께. 근디 수술
허는 게 다 느껴지기는 허는디, 오줌 냄새 날까 더 떨었다니께."

　호랑이 할매 왈,
　"접때 혔던 얘기 또 하믄 재미있남? 나는 저승문을 앞에 받아
두고 자슥들헌티 폐 끼칠까 봐 받기도 겁난다니께."

보리 할매 왈,

"왜 그려? 머시기가 겁나? 그 승질머리는 오다가 내다 버렸다? 거시기, 뭐여, 한참 됐는디……. 하여튼 바락바락 소리 지르믄서 온 동네를 벌집 쑤시듯이 쑤셔 대던 냥반이 자슥들헌티는 꼼짝을 못 혀. 왜 그려? 참말로 맴이 변한 겨? 맴 변하믄 북망산으로 간다더만."

호랑이 할매 왈,

"시끄런 소리 하덜 말어. 화투 패만 안 보이지, 자네들 똥구녕은 잘 뵈니께. 참말로 말 한마디 혔다가 오늘 관에 들어가게 생겼구먼. 암 소리 말고 언능 치기나 혀. 어제 잃은 돈 따야 허니께."

홍싸리와 흑싸리가 힘을 합치자 매조 패가 날아다니고 매화 패가 화투판에 흩날리니, 때 아닌 봄이로구나. 만덕이 할매 화투 치면서 목이 빠져라 경로당 문 바라보다가 쌈짓돈까지 나오자 그제서야 정신이 번뜩 들었다. 광박에 피박에 쓰리박까지 합해서 지루박을 돌렸다. 그렇지, 돈 잃은 사람 앞에서는 사랑도 없는 법이다.

● 목소리 큰 사람이 뭐든 이기는 법이여

만덕이 할매와 호랑이 할매는 사돈 간이다. 6·25 전쟁 통을 같이 겪은 동무이기도 하다. 두 할매는 어릴 적부터 머리끄덩이 잡고 싸움질 잘하는 여장부로 컸다. 호랑이 할매가 만덕이 할매보다 한 수 위인데, 일단 목청이 엄청 커서 그것으로 반은 잡고 들어갔다. 오죽했으면 호랑이 할매의 아부지가 돌아가시면서 제발 목청 좀 죽이고 살라는 유언을 했을까.

뭐, 내가 들은 적이 없어 그 말씀이 진짜인지는 모르겠으나, 분명한 건 목소리로 힘깨나 쓰는 만덕이 할매를 제압했다는 사실이다. 섬 전체를 날고 기던 만덕이 할매가 호랑이 할매한 테 납작 엎드린 건 아마도 섬 어딘가에서 맞짱을 뜨다 만덕이 할매가 참패를 했을지도 모르기 때문이다.

그리 으르릉그르릉 지내던 두 양반이 자식새끼 눈 맞아 결혼한다고 오자 한쪽은 기가 팍 죽고, 한쪽은 기가 팍 살았다. 안 그래도 목소리 큰 양반이 더 커져서 만덕이 할매는 속절없는 신세타령을 커다랗게 바다에 비친 달을 보고 한숨에 두 숨을 보태서 퍼부어 댔다. 죽을 때까지 호랑이 할매를 이기지 못할 팔자라고.

호랑이 할매 왈,

"뭐여, 화투 치다가 넋 빠진 겨? 오디 염불혀?"

만덕이 할매 왈,
"나도 생각이라는 걸 허는 사램이여. 잠시 끈을 놓쳤기로 그
지랄로 염불 타령을 하믄 쓰나."

척척 던지는 화투장 사이로 크리스탈 할배는 소식도 없고,
끈끈이를 발랐나, 화투장이 만덕이 할매 가슴팍에 쩍쩍 달라
붙었다.

●사랑, 참말로 힘드네

한참을 화투 경기장에 열이 올라 고요가 왔다가 깜짝 놀라
도망하는 찰나, 헛기침 소리를 몰고 크리스탈 할배 등장. 만덕
이 할매 얼굴이 환해지면서 신이 났다. 입에서 오물거리며 안
나오던 '아싸라비아!'가 절로 나오고, 엉덩이에 흥이 잔뜩 붙
어 옆에 앉은 사람 무안하게 실룩거렸다.

호랑이 할매 왈,
"집에 금 두꺼비를 뒤서리, 그거 지키느라 늦게 나오남."

크리스탈 할배 왈,
"암만, 오째 알았댜? 우리 집에 들락거린 게 자네 같은디."

보리 할매 왈,
"왜? 뭔 일 있었간?"

크리스탈 할배 왈,
"아녀, 암시랑도 아녀. 개 새끼 밥 먹는 거 봐 주다가 늦었어."

호랑이 할매 왈,
"참말로 상전이 따로 읎구만. 아주 이 섬의 주인이여. 밥 안
주믄 처먹지를 않으니, 주둥이 앞에다가 숟가락을 갖다 대 줘
야 처먹는 시늉을 혀. 거시기, 바다에다가 괴기밥으로 던져 부
러. 뭘 그리 뫼시고 살어, 살긴."

크리스탈 할배, 호랑이 할매 목소리에 주눅이 들었는지 괜스
레 창밖으로 눈을 돌렸다. 화투를 치다 말고 이를 바라본 만덕
이 할매가 슬그머니 크리스탈 할배 옷깃을 잡아당겼다.

호랑이 할매 왈,

"화투 치는 사람 워디 간 겨? 넘의 옷깃 잡아당기다가 내 옷 깃 벗겨지는 줄 모르니께 정신 바짝 챙기고 언능 패나 던져. 자 네가 못 먹으믄 나라도 먹어야 쓸 거 아녀."

속을 빤히 들여다보고 있는 호랑이 할매가 넌지시 만덕이 할매를 꼬집었다. 호랑이 할매 소리를 듣고 멋쩍은 크리스탈 할배가 호랑에서 담배 한 가치를 꺼내 입에 물었다. 보리 할 매는 아무것도 모른다는 듯 당신 먹을 패를 찾느라 눈이 분주 하게 움직였다.

호랑이 할매 왈,
"앉아서 묏자리 파는 겨? 언능 와서 괭이나 팔어."

경로당 마당 한구석에 펼쳐 놓은 호박오가리가 쭈글쭈글 말 라 가고, 세 할매도 쭈글쭈글 말라 가고 있었다. 이것저것 말라 가는 참에 오가리 가져다가 반찬 해 먹겠다고 너도나도 서로 끊어 가자 주인 없는 호박오가리가 줄어들었다. 하긴 호박오가 리 맛이 어디 물고기 맛에 비할 바가 있을까. 꼬들꼬들 씹히는 맛이 깊어서 밥 한 그릇이 어느 구멍으로 들어가는지 모른다.

호박오가리볶음

꼬들꼬들 마른 호박오가리를 먹기 좋게 잘라서 물에 담가 둔다. 물에 분 호박오가리를 꺼내 물기를 꼭 짠 다음 깨소금 팍! 소금 간간하게 하고, 입맛에 맞는 참기름이나 들기름을 넣고 조물락조물락 무쳐 준다. 그런 후 프라이팬에 달달달 볶아 주면⋯⋯. 흐미, 맛을 아는 사람들만 안다는 호박오가리가 입안에서 날아다닐 것이다.

구리구리
참맛!

"도대체 왜 못 준다는 거야?"

"느가 나헌티 맡겨 논 겨?"

"나도 먹고살아야지. 묵정밭으로 만든 지가 언제여? 여기저기서 팔라고 허는디 엄니는 왜 안 팔어? 그 밭 삶아 묵을 겨?"

"너 살라고 느 아부지가 남겨 준 거 아녀. 쓰잘데기 읎는 말 허지 말고 당장 가라니께 뭔 소리가 질어."

"내놓으라고. 나 죽게 생겼다고."

"맨날 죽는 소리만 허지. 오째 산다는 소리는 못 허고 사는지……."

"엄마!"

"느 엄니 아즉 안 죽었어. 나 죽거들랑 삶아 묵든지, 지져 묵든지 맘대로 혀."

"……."

"칡맹키로 질기게도 붙들고 산다만, 느가 이러믄 안 되지."

"열받으니께 암 소리 말어."

"엄니헌티 하는 소리가 똥개 새끼보다도 못 허네. 참말로 시상 말세여."

담장 너머로 달려온 탕탕거리는 말들이 쾅쾅 마당을 뛰어다녔다. 도대체 잡을 수가 없어 가만히 듣고만 있었다. 영식이 아저씨가 염소 할매를 닦달할 때마다 우리 집 마당은 늘 평화로웠다. 꽃이 한가득 폈고, 매화나무를 날개에 달고 붕붕 날아갈 것 같은 벌이 햇살을 접은 채 왔다리 갔다리 했다.

염소 할매 집은 온종일 퉁퉁장 냄새가 가득하다. 퉁퉁장? 쉽게 가자. 청국장이다. 여기에서는 청국장을 퉁퉁장이라고 한다. 퉁퉁하게 불어 터진 콩을 삶아서 지푸라기와 섞어 여러 날 아랫목에 놔두면, 아따, 구리구리 똥 구린내가 방 안에 그득해진다.

모처럼 겨울 낮바닥 환하게 햇살이 염소 할매 툇마루에 가득 들어앉았다. 그 사이에서 염소 할매는 지푸라기를 붙잡고 진득하게 엉킨 콩을 뚝뚝 떼어내어 절구통에 착착 내려치는데, 고춧가루가 간간이 들어가고 소금이 툭툭 뿌려졌다.

"너무 치대믄 못 써! 입안에 뒹굴어 다니는 맛도 있어야지."
"암만, 헛바람 돌고 가게 하는 겨."

창범이네 할매가 유모차를 달달달 끌고 들어오면서 한 소리 던졌다. 울안에 있던 똥개 오만원이 꼬랑지를 탁탁 털면서 유모차 바퀴를 맞이했다.

"돌멩이는 왜 그리 많이 앉힌 겨?"
"이거 읎으믄 뒤로 발라당 넘어가 부린다니께."
"솔찬히 넣어야지. 그거루다가 담 쌓겄구먼."
"오째, 동상네 집에 담 쌓아 주까?"

유모차에 실린 돌멩이 가득 창범이네 할매 주름살이 살포시 앉아 있었다. 다글다글 굴러다니는 햇살이 오만원 꼬랑지에서 털려 염소 할매 미소로 마당에 뒹굴었다.

오만원! 똥개 이름이다. 바깥양반이 외국 개라고 장날 개장수한테 속아서 생돈 오만 원이나 주고 사 왔다. 아무리 둘러봐도 쳐다봐도 똥개로밖에는 안 보이는데 자꾸 외국 개라고 들썩였다. 결국 바깥양반한테 할 욕 한 바가지를 오만원에게 전부 퍼부었다. 그래도 개 새끼라고 싫으나 좋으나 꼬랑지만 왔다리 갔다리 흔들고만 있으니, 욕하다가도 '니가 몬 죄가 있겠냐' 한마디 던지기도 했다.

스멀스멀 올라오는 퉁퉁장 냄새 사이로 검버섯이 곱게 자란 염소 할매가 콩을 치고 있었다. 스물도 안 된 염소 할매가 시집 와서 어렵게 나은 아들이 딱 하나다. 그놈을 물고, 빨고, 보듬고, 쓰다듬다가 사람 노릇 못 하게 되어 검불처럼 이리 뒹굴, 저리 뒹굴었다. 그래도 달린 게 불알 두 쪽이라 장가는 가서 살았다.

그렇게 검은 머리 파뿌리 되도록 살면 좋으련만 애새끼 둘 빼고 이혼을 해 버렸으니, 빌어먹을 재주는 어디에도 없다고 한숨만 가득했다. 그나마 배 아파 낳은 새끼라고, 좋아하는 퉁퉁장 만들어 먹인다고, 며칠 전부터 아궁이에 불 넣어 밤새 콩을 익혔다.

끈끈한 것이 정이라고, 밭에 일 간 사이에 밭문서 들고 야반도주한 아들을 죽이지도, 살리지도 못하고 이래저래 속만 끓이다가 염장이 되었다. 누가 뭐래도 새끼인지라 그저 고향 집에 온다면 이것저것 속곳까지 내주려 하니, 그 어미의 마음을 누가 알까. 속 모르는 자식새끼들은 앞으로, 뒤로, 위로, 아래로, 빼먹으려 들어 남은 것은 빈 젖에 횅하니 돌아가는 바람뿐이다.

"영식이는 온제 오남?"

"이따가 온다는디."

"왜 온댜? 뜬금없이."

"낸들 아남. 와 봐야 알지."

"접때 아우네 속 그리 뒤집어 놓더만. 또 그러믄 나헌티 말혀. 내가 아주 다리몽둥이 분질러서리 감나무에 접붙여 버릴 테니께."

"티코(유모차) 끌고 댕기는 냥반이 심은 오디서 빌려 오려구 그런댜."

"나가 말을 안 혀서 그렇지, 농짝에 숨겨 놓은 심이 올매나 많은디그려."

"암만, 많기만 허겠어. 철철 넘치지."

겨울 낮빛 붉게 내리는 담장 위에 앉은 도둑괭이가 두 분 대화를 들으며 끄덕끄덕 졸고 있었다. 통통 부은 콩을 다 치댈 무렵 염소 할매가 주섬주섬 일어나 냉장고에서 두부 반 모를 꺼내 창범이네 할매 손에 들려 주었다.

"통통장 드릴 테니께 이거 넣고 자셔."

"고맙구먼. 통통장에 두부가 빠지믄 섭허지. 안 그려?"

"암만, 틀니 빠진 주둥이라니께."

"거시기, 묵은지 빡빡 빨아서리 함 넣어 봐. 접때 그리 먹으
니께 목구녕으로 잘도 넘어가드만."

"긍께. 나두 오래전부터 넣어 먹었구만."

"근디 왜 안 일러 줬어?"

"일러 줬는디 성님이 잊어부렀지."

"허긴 아까 전 일두 잊어부리는디."

남의 이를 낀 두 노인이 마주 보고 웃는데, 통통장 구린내
가 마당 안을 굴러다녔다. 창범이 할매가 집으로 탈탈탈 돌아
가고 나서도 사고뭉치 아들을 위한 통통장 구린내는 잘도 찧
어지고 있었다.

통통장

콩을 잘 불려서 아궁이에 불 처넣어 끓인다. 잘 삶아진 콩을 한 알 꺼

내 손가락으로 문대고 먹어 보면 그 맛이 알알이 살아 있을 것이다.

지푸라기에 콩을 넣고 이틀 지나 꺼내서 두부와 묵은지를 넣고 바글

바글 끓여 먹는다.

○

4부

경애 할매는
어찌 알았을까

다
내 탓이여

쑥 된 장 국
○ ─────────────────

● 그 싸움에 그 타령

"정말 이럴 겨?"

"……."

"그러지 말고 맴 좀 써 봐! 그깟 보이지도 않는 맴 쬐끔 쓴다고 헷바닥이 닳기를 혀, 아니믄 입이 닳기를 혀! 그러니께 적선한다고 치고 쬐끔만 써 봐!"

"접때 와서는 집 다 헤집어 놓고 가더니, 왜 또 와서 지랄이

○   165

여. 아무리 혀 봐야 공염불이니께 심 빼지 말고 언능 가서 다시는 오지 말라고!"

"정말 이럴 겨, 시방? 내 참 드러워서……. 내가 뭔 난리를 쳤다고 지랄인가 모르겠네. 다시는 니 시키헌티 손 벌리나 봐라! 내가 다시 오믄 니 동생이다, 나쁜 노무 시키. 그라고 엄니도 그러는 게 아녀! 장남, 장남 헐 때는 온제고 이제 와서 쳐다보지도 않어! 그리 살다가 저승 가믄 아부지가 좋아라 하겠구먼. 참말로 좋아라 허겄어. 근디 말여, 이리 나한테 푸대접했다가는 이 집구석에다가 불을 싸질러 버릴 테니께, 언제든 도망갈 준비나 허라고!"

"몬 소리 허는 겨? 엄니헌티 그게 헐 소리여? 시방 위아래가 읎구먼. 허긴 위아래를 알아보는 인간이었으믄 이렇게는 안 헐 겨."

"저, 저 썩을 놈을 봤나. 니 시키는 왜 위아래를 못 알아보는 겨? 눈이 시방 경로당 간 겨? 오디서 개지랄이여?"

"개지랄은 누가 허는디 그려? 가끔 한번씩 와서 집안 뒤집어 놓는 인물이 누군디 시방 뭐라는 겨, 잉? 그 논 다 팔아서 해 묵었으믄 찍 소리 말고 집구석에 처박혀서 주는 밥이나 처먹지, 왜 날이믄 날마다 와서 지랄이여, 잉? 내가 그 돈 가지고 가서 화투판에서 날리라고 혔어, 아니믄 술집 년 가슴팍에 넣어 주라고 혔어? 왜 허구헌 날 와서 지랄이냐고."

속사포처럼 쏘아 대는 동생 광희 아저씨의 성난 소리에 형 광배 아저씨는 화도 못 내고 휘청거리며 참나무 그늘 속으로 걸어 들어갔다. 그리고는 풀 죽은 침을 뱉으며 돌아서는 광배 아저씨 코에서 연기가 나는 듯했다. 맨날 그 싸움이요 그 타령이라, 동네 사람들은 돌아서는 광배 아저씨한테 욕이라는 돌멩이를 던졌다.

작년 봄 쌍광댁이 봄볕 죄다 맞아 가면서 캔 쑥 열 봉다리 값을 훔쳐서 노름했던 광배 아저씨. 노름해서 돈을 딴 것도 아니고 죄다 다른 사람 좋게 만들었다. 그야말로 알도 주고, 꿩도 주고, 다 주고, 남은 것이라고는 불알 두 쪽뿐이었다.

● 눈짓의 의미

참나무 그늘 속으로 사라지는 광배 아저씨를 하염없이 바라보던 광희 아저씨가 방 안에서 꼼짝하지 않고 앉아 있던 엄니에게 소리를 질렀다.

"이게 다 엄니 탓이여. 누가 아부지 재산을 일찌감치 나눠 주

래? 죽을 때까지 가지고 있지, 왜 나눠 줘서 그려? 재산 주고
부터 저러잖어. 그 많던 논밭 다 팔아묵고, 그것도 모자라 형
수 쌈짓돈까지 들고 나가 노름질하다가 날려 묵었잖어. 형수
는 집 나가서 소식도 없고……. 이게 뭐여? 이거 다 엄니가 자
초한 일 아녀? 광배 형 노름 좋아하는 건 화정리 사램들이 죄
다 아는디, 오째 엄니만 귀 닫고 눈 감고 사냐고. 고양이헌티
쥐 새끼 맡긴 꼴이지 뭐여. 아주 집안 꼴이 개판이여, 개판. 저
사램이 우리말을 잘 못 알아들으니께 기냥 넘어가는 거여. 한
국 사램이었으믄 그나마나 나도 절단 났다니께."

아무 소리도 못 하고 벽만 바라보던 쌍광댁이 밥상을 슬쩍
방 한가운데로 밀어 놓았다. 그리고는 필리핀 며느리에게 눈
짓했다. 헌데 이 눈짓의 의미를 모르는 며느리는 큰 눈만 끔벅
거리며 쌍광댁 얼굴만 바라봤다. 눈짓의 의미를 못 알아먹는
며느리를 보는 쌍광댁도 답답하고, 말도 못 알아듣는데 눈짓
까지 보태서 보내는 시어머니를 어떻게 파악해야 할지 모르
는 며느리도 답답하기는 마찬가지였다.

"그려, 다 내 탓이니께 암 소리 말고 이거나 묵어. 내가 지옥
가서 벌받을 테니께 이거 묵어. 지랄허는 것도 심이 필요한 겨.

그러니께 이거 묵고 심 내서 계속혀, 잉!"

"아니, 엄니는 밥이 목구녕으로 넘어가? 형이 저렇게 되는
데 엄니도 한몫했는디, 오째 그려? 저렇게 반병신 되게 그냥
놔둘 겨?"

"너도 나 못 잡아먹어 안달 난 겨? 니그들 빚 갚고 잘살라고
진즉에 나눠 준 걸 왜 이제 와서 지랄이여? 내가 그 돈 가지고
잘살라고 혔지, 노름해서 다 날리라고 혔어? 아니믄 지집년한
테 주라고 혔어? 빙신이 되라고 혔어? 왜 나헌티 지랄이냐고."

"하여튼 집구석이 편안할 날이 읎어."

방문을 차고 나가 버린 광희 아저씨 뒤꽁무니를 쑥된장국
냄새가 스멀스멀 쫓아갔다. 필리핀 며느리는 어찌할 줄을 몰
라 눈만 끔벅거리다가 쌍광댁 눈짓을 뒤늦게 알아차리고 광
희 아저씨 뒤를 따라 나갔다.

● 누워 침 뱉기

어김없이 찾아오는 봄은 따뜻하고, 바람은 신선했으며, 지
천에 냉이꽃과 꽃다지가 하늘거렸다. 비둘기는 뒤꼍에서 울어
대고, 종달새는 종일 종달종달 시끄럽고, 댓잎은 사그락거리

며 봄볕을 툭툭 쳐 냈다.

쌍광댁은 쌍둥이를 낳고 아이 이름을 광배, 광희라고 지어 불렀다. 60년대 초에 쌍둥이는 그리 흔하지 않았다. 그래도 아들 귀한 집안에 떡두꺼비 같은 불알 네 쪽을 쫙 벌려 놓았으니 얼마나 기뻤을까. 빛이 온몸으로 들어오는 삶을 살라 했거늘 이름 뜻처럼 사는 사람도, 되는 사람도 거의 없었다.

올해도 쑥 캐러 나온 쌍광댁이 엉덩이 의자를 차고는 쑥 많은 자리에 앉았다. 쌍광댁은 진즉에 나온 팔배 아줌마 붙잡아 놓고 이 얘기, 저 얘기, 묵은 얘기 꺼내 놓고 달그락달그락거렸다. 누워 침 뱉으면 자기 얼굴에 떨어지는 것도 모르고 쌍광댁은 침을 튀기며 열심히 뱉어 냈다.

팔배 아줌마는 쌍광댁 이야기를 열심히 들으며 추임새를 간간이 넣었다. 그러면서 쌍광댁 앞에서는 한 마디도 못하고 뒤에서 낼름낼름 쑥떡 욕을 한 바가지씩 해댔다. 그것도 모르고 쌍광댁은 여간해서는 힘들다는, 빛이 온몸으로 들어오는 삶을 사는 아들 욕까지 싸잡아서 한 아름 펼쳤다. 이러니 쌍광댁 집구석을 모르는 사람은 아무도 없다는 게 화정리 사람들 이야기다.

○

쑥된장국

푸릇푸릇한 쑥을 캐서 한 바구니 옆구리에 끼고 엉덩이 흔들흔들 집에 돌아와 깨끗하게 씻고 물기를 빼놓는다. 쑥을 한 움큼 집어서 된장에 들깨 가루를 넣고 버무린다. 크, 쑥 향기가 스멀스멀 올라오니 좋구나. 멸치 육수나 다시마 육수 중에 골라서 버무린 쑥된장을 넣고 바글바글 끓인다. 단, 짠 된장은 조금만 넣는다. 뭐, 나는 멸치 육수에 끓인 국을 참말로 좋아한다. 들깨 냄새도 좋고, 쑥 냄새는 더욱 좋고.

○

쿵쿵,
비가 오긴 올랑가

🍲 삐삐이 할배와 최간난 할배

바람 불어 좋은 날, 산비둘기가 제짝 찾는다고 뒤꼍에서 식
전 댓바람부터 울어 대는 통에 삐삐이 할배가 뒷짐 지고 소리
를 찾아 나섰다.

"저, 저, 쿵쿵, 염병할 것은, 쿵, 왜 우리 집에 와서 곡을 하고
자빠졌나, 쿵, 모르겠네, 쿵쿵."

172

오래전부터 앓아 온 비염으로 빼빼이 할배는 킁킁거리고, 홀
아비 집 그늘에서 울어 대는 산비둘기는 구구구거리고, 바람
은 댑싸리를 쓸쓸쓸 쓸고 지나갔다. 빼빼이 할배는 아주 옛날
폐병을 앓은 이후 아무리 먹어도 살이 찌지 않았다. 몸이 빼빼
마르고, 턱은 주걱턱에, 눈은 해골처럼 움푹 들어갔다. 그래도
빼빼이 할배 가는 자리마다 웃음이 끊이지를 않아 동네 아이
들도 아낙들도 좋아했다. 혼자 사는 할배 드시라고 김치며 된
장국까지 하루도 거르지 않고 할배 집 툇마루에 한 가지씩 올
려놓았다. 빼빼이 할배는 툇마루에 놓인 음식을 대할 때마다
일 년에 한 번 볼까 말까 한 자식새끼보다 낫다고 속으로 구
시렁구시렁거렸다.

"식전부터 오딜 가는 겨?"

늙은 자전거처럼 천천히 물꼬를 보러 가던 최간난 할배가 빼
빼이 할배 집으로 들어서며 바람 같은 말을 던졌다. 휘익, 빼빼
이 할배 등에 닿은 말이 바람으로 스쳤다.

"저놈이, 킁, 해장부터 뒤꼍에서, 킁, 시끄럽게 울어 대서리,
킁."

"저놈도 지짝 찾느라 목청 터지게 우는디 그냥 냅둬. 근디 오째 오늘은 쿵쿵이 심허네."

"날이 지 맘대루라, 쿵, 콧구녕도 지 맘대루네, 쿵. 날 들믄, 쿵, 팬찮어지니께, 쿵쿵."

한마디 던지고 돌아서는 최간난 할배의 그늘 속으로 햇볕이 더듬거리며 뜨겁게 들어왔다. 삐삐이 할배와 최간난 할배는 어릴 적부터 함께 자란 동무다. 여러 동무 중에 마음도 맞고, 불알도 맞았다. 여자 이름 같아서 어린 시절을 놀림으로 보냈지만, 늘 앞서서 막아 주었던 사람은 삐삐이 할배였다. 삐삐이 할배가 군대에 갈 때까지 둘은 꼭 붙어 다녔다.

최간난 할배는 사나이 대장부 이름을 최간난이라고 지었다고 매일 울고불고 난리를 쳐 댔지만, 호적에 오른 이름을 바꿀 수는 없었다. 세월이 징검다리 건너듯이 한참이 지난 후에야 이름을 바꿀 수 있다는 것을 알게 되었지만, 이미 코앞으로 다가온 저승문 앞에서 바꿔 봐야 무슨 소용이냐며 끝까지 안고 가겠다고 했다. 하긴 애새끼 낳고 살다 보면 애 이름으로 부르지, 할배 이름을 대놓고 부르지는 않으니 그냥저냥 살아도 팬찮았다.

최간난 할배의 아부지가 아들을 내리 다섯을 낳다 보니 집

안 일손이 부족하다고, 마지막으로 딸 하나 얻자 하여 다섯째인 할배 이름을 최간난으로 지었단다. 그 밑으로 진짜 딸을 낳았으면 좋았을 것을, 최간난 할배 밑으로 아들 하나 더 보고 더 이상 최간난 할배의 엄니는 아기를 낳지 않았다. 삼신 할매가 딸년을 점지해 주지 않아서 더 애를 써 봐야 몸뚱이만 절단 난다고 끝을 맺었다.

●바라보는 일

남새밭 상추가 꽃을 피우고, 팥이 발목까지 올랐으며, 참깨 꽃이 온종일 댕그렁댕그렁 소리를 냈다. 경애 할매 홍얼거림에 지나가던 똥개가 꼬리로 허공을 탁탁 치면서 곁으로 왔다. 경애 할매는 눈길 한번 건네고는 풀을 뽑았다. 이래저래 채소와 등 맞대고 자라는 게 풀이라서 잠깐 눈 돌리면 삽시간에 쭉쭉 올라서는 네가 채소인지, 내가 잡초인지 모를 정도였다.

"식전 댓바람부터 뭐 하슈?"
"풀이 원체 많이 나서리."
"허긴 돌아서믄 올라오는 게 풀이쥬. 지두 아주 풀 때문에 골머리 썩는다니께유."

"하두 지랄 맞게 올라와서 손을 댈 수가 없슈."
"어지간히 허슈. 노인네들 한 방에 훅 가니께."

경애 할매가 일어나 허리를 괭이맹키로 쭉 펴더니 최간난 할배 뒷모습을 한참 동안 바라보았다. 경애 할매의 사랑이란 늘 그렇게 한없이 바라보기만 할 뿐이다. 젊을 적부터 한동네 살면서 최간난 할배 짝사랑만 신물 나게 해 왔다. 기다려도 오지 않고 올 생각도 없으니, 반백 년 넘게 해 온 짝사랑이 짝사랑으로 끝난다고 바라보기만 했다.

최간난 할배 가슴에 묻고 시집가서 잘 사는가 싶었는데, 세상 보지도 못한 새끼 둘을 사산하고 시댁에서 쫓겨났다. 이 고생, 저 고생, 개고생까지 했던 몇 십 년은 생각도 나지 않더니만, 고향 돌아와 자리 잡고 앉아 보니 최간난 할배가 스윽 가슴속으로 들어왔다. 혹시나 하고 길을 물어 엄나무 밭길 따라가 보자 큰아들 내외와 함께 살고 있는 노부부가 있었다. 그냥저냥 땅 파서 잘 살고 있는 모습을 바라보는 것만으로도 좋았다는 경애 할매는 여직 바라보는 사랑을 혼자 하고 있었다.

● 올갱이

경애 할매의 짝사랑을 알고 있는 삐삐이 할배였다. 삐삐이
할배는 할매가 먼저 저승을 가서 홀아비가 된 지 여러 해라 가
슴팍이 얼마나 시려웠을까. 그 속을 들락거리는 사람이 있었
으니, 혼자 먼발치서만 바라보는 경애 할매였다.

뜨겁던 해가 주춤주춤 내려앉기 시작할 무렵, 삐삐이 할배
가 통 하나 들고 냇가로 갔다. 그때 마침 최간난 할배가 냇가
에서 삽을 씻고 있다가 까딱까딱 기우뚱거리며 다가오는 삐
삐이 할배를 불렀다.

"오디 가?"

"큭, 올갱이 잡으러, 큭."

"여그 많은디."

삐삐이 할배가 최간난 할배 곁으로 가서 바지를 걷어 올리
고는 물로 들어가 굽은 허리를 더 굽히며 올갱이를 하나하나
건졌다.

"뭐하러 그려? 기냥 암거나 묵지."

"밤에 헐, 큭, 일두 읎는디, 큭, 이거 까서 된장국, 큭, 허믄 맛

나잖어, 쿵."

"암만, 맛은 나지. 근디 수제비 허믄 더 맛있다니께."

두 분 매일 만나다 보니 할 말씀이 그리도 없는가 보다. 이제
는 음식 얘기로 저녁을 맞이하고 있었다.

"그러지 말고 경애 할매가 수제비 잘 끓이는디, 거그다 갖
다 줘 봐!"

"쿵, 자네가 오치게, 쿵, 알어? 수제비를, 쿵, 잘 끓이는지, 쿵,
오쩌는지."

"거시기, 접때 회관에서 끓였잖어."

"난, 쿵, 못 묵었는디, 쿵."

"참말로, 접때 자네 집에 급헌 일 있다고 갔잖어. 그때 경애
할매가 수제비 끓였구만."

입맛을 쩝쩝 다시며 잠깐 머리를 쓰다듬던 빼빼이 할배가
생각난 듯 고개를 주억거렸다. 그날 집에 급한 일은 없었다.
단지 최간난 할배를 힐끔힐끔 바라보는 경애 할매가 얄미워
서 집에 갔던 것이다. 그것도 모르고 최간난 할배는 이것 먹
어라, 저것 먹어라 하며 마누라를 다람쥐 볼따구맹키로 빵빵

하게 만들었다.

올갱이를 줍는 내내 말이 없던 빼빼이 할배가 허리를 펴자 제비 한 마리가 낮게 머리 위로 날아갔다.

"비 올랑가베."
"긍께, 쿵, 허리도 쑤시는 거 보니께, 쿵, 오긴 올랑가, 쿵."
"올 때 되믄 와야지. 안 오믄 땅이 쩍쩍 갈라지니께."

제법 주운 올갱이를 들고 물 밖으로 나온 빼빼이 할배가 이제 집에 가자고 최간난 할배를 일으켰다. 두 분 천천히 노을을 휘저으며 걷다가 최간난 할배가 먼저 집으로 난 길로 돌아섰다. 빼빼이 할배는 집으로 가는 길에 경애 할매 집으로 들어가서 올갱이 잡은 통을 툇마루에 놓고 나왔다.

다음 날 비둘기 구구구 우는 빼빼이 할배 집 툇마루 위에 올갱이수제비 한 그릇이 김을 모락모락 내며 놓여 있었다. 근데 경애 할매는 어찌 알았을까. 올갱이를 빼빼이 할배가 놓고 간 줄을……

올갱이 수제비

냇가에서 잡은 올갱이를 소금물로 박박 닦는다. 닦은 올갱이를 냄비에 넣고 끓인다. 삶은 올갱이를 건져 긴 바늘로 속을 꺼내 그릇에 놓는다. 솔직히 다른 건 좋은데, 바늘로 껍데기 따로 떼고 살은 놓고 하다가 보면 허리가 무지 아파서 하기 싫다.

올갱이 끓인 물은 수제비 국물로 좋다. 밑에 찌꺼기가 있으면 체로 걸러 사용한다. 팔팔 끓고 있는 국물에 수제비를 떠서 넣고 호박을 쫑쫑쫑 썰어 넣는다. 파, 마늘에 소금으로 간한다. 거의 마무리할 즈음 올갱이 살을 넣는다. 수제비를 떠서 고명처럼 넣어도 되지만, 나는 그냥 막 넣고 끓인 게 좋다. 개인적인 취향이다.

발길을 돌리려고 바람 부는 대로 걸어도, 아싸! 멍멍!

쌀 막 걸 리

○ ─────────────────────

● 술 취한 방실이

날도 쨍쨍한 것이 집에 있기가 거시기해서 밖으로 나갔다. 저 산 멀리서 뻐꾸기가 우니 한동안 날도 가물겠다고 혼자 구시렁거리며 오동나무 꽃처럼 흔들렸다. 나는 그저 할 일 없이 휘적휘적 집 모퉁이를 돌아 걸었다.

밭으로 가겠다든가, 논으로 가겠다든가, 뭐, 그런 생각도 없이 발길이 닿는 대로 걸었다. 한참을 걷는데 어디서 낑낑대는

○

소리가 들렸다.

　돌아보니 임실 할매네 개 방실이가 모과나무 아래서 이리 비틀, 저리 비틀거리다 털썩 쓰러졌다. 쥐약이라도 먹었나 깜짝 놀라 문 안으로 들어갔다.

　"할매, 저 방실이 뭐 땜시 저런대요?"

　"한잔허는디 와서 하두 찡찡대길래 한 사발 줘서 그려."

　"막걸리 줬어요?"

　"암만, 따라 줬더니 환장허게 처먹드라고. 그러더니 왔다리 갔다리 허다가 나무 밑에 엎어지더만 저 지랄로 바들바들 떠네. 하여튼 대주 닮아서 그런가, 술도 잘 마시고 코는 드럽게 잘 골아, 잉."

　"개헌티 술 주믄 죽는다는디."

　"누가 그려? 접때도 줬어도 암시랑토 않더구만."

　"그래도 주지 마요. 그러다가 벗이 먼저 가믄 어쩌려고."

　"그려, 내 동무지. 먼저 가믄 안 되지. 암만 그래도 나 한 잔, 동무 한 잔 따라 마시믄 적적허지 않아서 좋아. 내 옆땡이에 누가 있어? 그저 저년하고 같이 살다가 잘 가고 싶당께."

　"할아버지는 어쩌시고 개하고 함께 간다고 한대요? 좀 더 사셔서 손자 재롱도 보셔야 하고, 꽃구경도 다녀야 하고, 삼척 할매하고 화투 쳐서 돈도 따야 하고, 할 일이 얼마나 많은데 그런 말씀을 하신대요."

"뭔 소리여? 저 냥반은 자기가 알아서 살다가 갈 사람이여, 암만. 그리 지집질로 속을 썩히더니, 늙어서도 그러잖어. 저 병 누구 못 준다니께. 새끼들도 지둘러 봐야 꿩 구워 먹은 소식이여. 주둥아리 효도가, 그게 효도여? 암만 전화기에 떠들어 봐야 옆에 있는 방실이보다도 못헌다니께. 내 무르팍이 왜 절단 났간? 애새끼들 끌고 시장 바닥에 앉아 산나물 팔다가 연골 다 닳은 거 아녀. 암것도 소용없어. 저승길 갈 때는 암것도 소용없당께."

모과나무 아래 잔디를 벗 삼은 방실이가 꼬리를 깔짝깔짝 흔들며 침을 질질 흘렸다. 고개를 들지 못하고 먼 산만 바라보는 모과나무가 덩그러니 서 있었다.

🍲 뺑뺑이

임실 할매는 임실에서 시집와서 엄청나게 오래 살았다. 당신이 태어나 산 고향보다 시집와 산 이곳에서 더 오래 살았다고, 당신이 앉은 자리가 묏자리라고, 태어난 곳은 태어난 곳이지만 궁둥이 붙이고 산 곳은 고향이란다. 뭐, 딱히 틀린 말씀

○

도 아니어서 고개만 끄덕였다.

바람도 살랑살랑 불고, 방실이는 코를 골았다. 임실 할매는 막걸리 한잔 마시고는 눈에 잘 보이지도 않는 핸드폰 번호를 꾹꾹 길게 눌렀다.

"거시기, 거그에 우리 영감 있는감? 잉, 잉. 하여튼 보라는 물꼬는 안 보고 그 지랄로 돌아댕기믄 쌀이 나오나, 밥이 나오나 모르겠다니께. 거그 여편네하고 뭐 하고 있간디 그리 꿩 궈 묵은 소식이여. 잉, 암만. 그려서 워치께 헌다? 염병, 지랄 맞은 영감탱이 아주 망령이 나 부렀구만. 집에만 들어와 봐. 아주 다 뒤집어 버릴 테니께. 그려, 들어가."

아무 말도 못 하고 먼 산으로 눈길을 던진 채 앉았다가 일어서는데 임실 할매가 한마디 던졌다.

"한잔허고 가지?"
"저 술 못하는데요."
"막걸리는 술이 아녀, 밥이여. 배고플 때 술찌기미 먹으믄 얼매나 맛있는지 자네는 모를 겨. 애 낳고 훗배 아플 때 마시믄 가라앉는다니께. 물도 좋아야 허고, 쌀도 좋아야 허고, 누룩도 좋아야 혀. 참말로 이 대단한 걸 못 마시는 자네는 뭔 낙으로 사남?"

"그냥저냥 살아요."

"나 원 참, 결혼도 못 허고, 술도 못 마시고, 참말로 살맛도 없겄구먼."

"결혼은 못 한 게 아니고 안 한 건데요."

"시끄런 소리 하덜 말어. 오디 몸뚱어리에 문제 있는 것도 아니고만 왜 그리 앉아서 엄니 속을 썩이나 물러. 자슥새끼들은 어미 속을 몰라도 너무 모른다니께. 참말로 옛날 같으믄 찍 소리도 못 허고 시집갔구만. 요즘 것들은 뭐가 그리 잘났는지 말여, 이리 뛰고 저리 뛰고, 미친 소맹키로 뛰어만 다니더구만. 소젖 묵어서 그런가 모르것당께."

임실 할매 입심이 살아나면 얼른 자리를 털고 일어나야 할 시간이다. 방실이는 사람이 오는지 가는지도 모르고 모과나무 밑에서 코를 드렁드렁 골며 사지를 바들바들 떨었다. 엉덩이 털고 일어서자 마침 할배가 삽자루 하나 뒷짐에 얹고 들어오고 계셨다. 인사 대충 하고 밖으로 나갔는데, 뒤통수를 치는 목소리가 한가득 마당을 뒹굴었다.

"헐 일이 그리 읎어서 경로당에서 여편네 손잡고 뺑뺑이 돌다가 왔남? 날 좋으니께 오디 한판 땡기구 싶었나벼. 날 가물어서 뻐꾸기 목구녕에서 피 토하는디, 영감탱이는 피 토하믄서 뺑뺑이 돌고 있어? 참말로 비 오기는 글렀다니께. 착실허게 하늘에 기도해도 올까 말까 헌 게 가물 때 오는 비인디 말여. 옆집 김 씨 할배는 물 받느라 정신없이 왔다리 갔다리 허더만, 영감탱이는 몬 정신이루다가 그리 뺑뺑이 치구 있나 모르겄당께. 젊어서는 지집질로 속 썩이더니, 늙어서까지 지 버릇 못 고치고 허구헌 날 돌리네. 참말로 나도 속이 좋지. 암만, 나맹키로 방구들 붙잡고 앉은 늙은이도 아마 읎을 겨."

"왜 가만히 있는 김 씨는 붙잡고 난리여? 술 마시려믄 곱게 마셔. 오째 주둥이에 모터 단 것마냥 씨부리나 모르겄네."

"나가 뭘 씨부렸다고 난리여?"

"누가 난리여? 당신이 더 난리구먼. 저 개 새끼는 왜 저 지랄로 코를 골고 자빠졌나 모르겄네."

"딱 당신인디 뭘 새삼스럽게 그런다?"

"뭐여? 내가 개 새끼라는 말여, 시방?"

"난 암말 안 했소. 당신 입으로 당신이 떠들은 겨."

껑껑거리는 방실이를 뒤로하고 풀숲 샛길로 걸었다. 뻐꾸기가 느티나무 위에서 속절없이 울어 댔다.

"발길을 돌리려고 바람 부는 대로 걸어도~, 아싸!"

쌀막걸리

맵쌀을 잘 불려서 솥에 넣고 밥을 짓는다. 진밥은 안 되고, 고두밥이 돼야 한다. 식은 고두밥에 누룩을 뿌리고, 동네에서 가장 좋은 약수를 떠다가 골고루 섞어 항아리에 밀봉한다. 한 삼 일 지나서 뚜껑을 열면 술 익는 냄새가 알싸하게 퍼진다. 술이 익으면 체에 걸러 찌꺼기를 버리고 한 그릇 퍼서 목구멍으로 넘기면, 크으…….

어릴 적 막걸리 심부름으로 양조장에서 사 오다가 배고파서 한 모금, 두 모금 마시고 취해서 논바닥에 넘어졌다. 그 이후 나는 술을 잘 못 마시는 어른 아이가 되어 버렸다. 치명적 매력인 알코올 알레르기. 막걸리의 참맛을 안 건 멋모르고 벌컥벌컥 마셨던 어린 시절 그때뿐이었다.

O

내가 뭘 잘못했다고
난리여

애 호 박 젓 국

  엄니 심부름으로 애호박 따러 어기적어기적 강아지풀을 뽑
으며 기다시피 밭으로 가다가 딱새와 눈이 마주쳤다. 어미 딱
새가 이제 막 날갯짓을 배운 아기 딱새에게 줄 먹이를 물어 날
다가 나하고 눈이 딱 마주쳤다. 순간 나는 이러지도 저러지도
못하고 가만히 길 위에 서서 숨을 깔딱깔딱 꿀떡꿀떡 삼키고
만 있었다. 헌데 내가 이리도 숨죽이고 있으면 지들도 하던 일
마저 하고 날아갈 일이지, 어찌하여 나를 뚫어지게 빤히 바라

보는 것인가.

설마 나를 바라보는 중은 아니겠지 하고 한 발자국 움직였다. 글쎄, 어미 딱새가 내 발에 눈을 돌리는 것이 아닌가. 이런, 내가 뭘 잘못했다고 그리 까마중 같은 눈을 들이대며 레이저를 쏘듯이 나를 바라보는가. 나는 그저 갈 길을 알아서 가고 있을 뿐인데, 왜 하필이면 내 앞으로 획 날아갔는지, 왜 하필이면 지붕 속에서 툭 튀어나온 새끼에게 가다 말고 전선 위에 앉아서 뚫어지게 나를 바라보는지.

내가 시집을 안 가고 엄니 집에 덤 같은 존재로 얹혀산다지만, 딱새까지 나를 그리 취급하다니……. 한 발자국 더 움직이니 이제는 달려들 기세이다. 대체 내가 뭘 어쨌다고 이리도 경계한단 말인가.

'이봐, 딱새! 나는 자유를 원하는 사람이야! 자유로운 사람이니만큼 오줌 마려운 건 못 참겠다고. 그만 쳐다보고 날아서 갈 길 가라고!'

나도 딱새도 서로를 바라보며 경계 속에서 심장만 두근거리고 있을 뿐인데, 천방지축 사방팔방 자기 분간 못 하고 뛰어다니는 딱새 새끼는 뭐란 말인가. 에라, 모르겠다. 덤빌 테면 덤비라고 뒤도 안 돌아보고 성큼성큼 걸어가자 조용히 나를 바라보던 어미 딱새가 지랄 맞게 짖어 댔다.

'씨부랄, 내가 뭘 어쨌다고 지랄이여, 시방.'

몇 걸음 걷다가 뒤돌아보았다. 지랄로 짖어 대던 어미 딱새가 언제 물어 왔는지 아기 딱새에게 먹이를 주고 있었다. 비록 한순간 숨 막히는 관계가 형성되었지만, 딱새 새끼와 내가 자꾸 겹쳐져서 머리만 긁적거렸다.

잠깐이 아닌 한참이 흐른 시간을 붙잡고 애호박 따서 집에 들어가는데, 엄니가 어미 딱새 얼굴로 바라보았다. 아따, 이게 뭐란 말인가. 어미 딱새의 지저귐이 이렇게 가슴 후비는 소리였던가?

"호박 하나 따 오라니께 아주 호박을 심어서 커지기를 기다렸다가 왔구만. 왜 광천 가서 새우젓도 맹글어 갖고 오지."

"다 이유가 있어서 늦었어."

"왜? 호박밭에 똥 주고 왔냐?"

"아니, 생뚱맞게 어미 딱새가 아기 딱새 챙긴다고 길 가는 나한테 지랄하드라고."

"니가 돌멩이라도 던진 겨?"

"그냥 길 가는데 지랄하잖어."

"니가 암말도 안 허는디 갸들이 지랄허겄냐. 다 지 새끼 살리려고 하는 짓이여. 니가 갸들 눈에는 아주 나쁜 인간인 겨. 아니믄 그렇게 지랄 안 혀."

"왜 그려? 뭐 땜시 공격이여?"

"나가 온제 공격했다고 그려? 나는 말을 헌 것이여. 지랄은 니가 헌 것이고."

"암 소리 말고 언능 젓국인지, 젓국인지 끓이지."

"시방 누구보고 허는 말이여? 아, 먹고 싶은 사램이 맹글어야지. 오디서 개 풀 뜯어 먹는 소리 허고 자빠졌냐."

이리 말씀을 사정없이 던지시고 방 안으로 들어가신 엄니를 두고 구시렁구시렁 애호박젓국을 만들었다. 아마도 애호박젓국에는 철없이 몰려다니다가 잡혀 온 새우젓만이 아니라 내침 튀는 구시렁도 한 바가지는 들어갔으리라!

광천이나 강경 새우젓을 쌀뜨물에 흥거덩흥거덩 넣어 젓는다. 호박은 쏭덩쏭덩 썰어서 미리 넣고 바글바글 끓이다가, 어쩌다 흘린 땀 한 방울을 조미료로 넣은 뒤 모르쇠로 일관한다. 마늘이나 양파를 자신의 취향대로 넣고, 마지막으로 참기름을 넣어 다시 바글바글 끓이면 애호박젓국이 된다.

'어머, 호박은 어떻게 썰어야 해요?'라는 말씀은 하지 마시라. 자기 입에 맞게끔 썰면 된다. 호박을 반으로 자르면 도마에 반달이 뜬다. 그 상태에서 자기 마음대로 썰어서 넣으면 된다. 그래도 영 거시기하다면 각도기나 자를 대고 자르시라. 푸 하하하, 이리 써 놓고 웃는다.

그대들의 취향이 나와 다를 터. 맵게 드시고 싶다면 청양 고추를 총총 썰어 넣으면 되고, 단맛을 좋아하지 않는 분들은 양파를 넣지 않으면 된다. 그렇다고 비린내 때문에 드시기가 거시기하다면 안 드시면 된다. 애호박젓국에 새우젓이 빠지면 팥소 없는 찐빵이 되기 십상이다. 그저 이 맛이 밭 귀퉁이에서 남모르게 자란 호박과 고래 싸움 구경하다가 등 터지기 직전에 잡혀 와 소금에 절여진 새우젓의 오묘한 조화려니 하고 드시기를!

어미 딱새와 울 엄니 사이에서 등 터지기 일보 직전인 상황에서 끓여 낸 애호박젓국! 그대들은 이 맛을 알란가 몰라.

애호박젓국

애호박을 먹기 좋게 자박자박 썰어서 쌀뜨물에 넣는다. 포인트는 새우젓인데, 보령에서는 광천이나 천북에서 나오는 육젓을 사용한다. 살이 탱탱하고 자태가 고운 새우젓을 간간하게 넣고, 마늘과 양파도 넣어 바글바글 끓인다. 웬만큼 끓으면 숟가락으로 간을 보고 참기름을 살짝 넣어 준다. 허면 쌀뜨물의 구수한 맛과 새우가 흥거덩흥거덩 젖어 든 침 넘어가는 맛이 난다. 울 엄니는 애호박젓국에 바지락을 넣어 끓였다.

가슴에 뜨건
봄이 왔다

●봄처녀, 봄과부

꽃다지 속으로 봄볕이 들었다. 엄니와 함께 햇살을 받으며 모과나무에 움 돋듯 움찔움찔 밭으로 향했다. 겨우내 자리 잡고 있던 서리태 뿌리를 뽑아내자 따라왔던 햇볕도 우두둑 뜯어졌다.

"아따, 뿌리냉이가 지천이네."

"엄만 서리태 뿌리 뽑지 말고 냉이나 캐지? 내가 다 뽑을 테니께."

"그러던가. 근디 참말로 뿌리냉이가 많네. 온제 이렇게 번졌나 모르겄네."

"긍께, 눈 깜짝 새 번졌다니께."

"다행이여. 그래도 뿌리냉이라."

"잎냉이는 별로여?"

"암만, 뿌리냉이와는 비교도 안 되지. 추운 겨울을 이겨 내고 내린 뿌리가 산삼맹키로 좋아. 무쳐 먹어도 좋고, 된장 넣고 바글바글 끓여 먹어도 좋고, 살짝 삶아서 초고추장에 찍어 먹어도 좋고."

"울 엄마 박사네. 허긴 씹는 맛이 다르지."

"언능 뿌리 뽑고 들어가자. 얼굴 끄슬리믄 안 되니께."

"지금 내 얼굴 생각해 주는 겨?"

"내가 안 해 주믄 누가 니 생각을 해 주겄어. 나라도 보살펴야지."

"왜 그려?"

"봄바람 부니께 미쳤나 보네."

"비 내려야 미치는 거 아녀?"

"내 맘이여."

올 때 돼서 온 봄이 엄니 굽은 등허리에서 궁글리다가 튕겼
다. 난 봄 처녀, 울 엄니는 봄 과부. 둘이 옆구리에 냉이 바구
니 끼고 집에 돌아오면서 광대나물, 개불알꽃, 소루쟁이까지
한 짐 안고 왔다.

●아, 뜨거!

들고 온 바구니에 따뜻한 봄이 드니 우리 집 거실이 환하게
빛났다. 베란다 가득 봄꽃이 만발하고, 엄니 얼굴에도 붉은 기
운이 가득했다. 부엌 구석에 쭈그리고 앉아 냉이를 다듬고, 다
른 나물들은 한쪽으로 밀쳐 두었다. 냉이를 삶기 위해 팔팔 끓
고 있는 냄비를 두고 잠시 방 안으로 들어갔다. 그 순간을 넘
기지 못하고 엄니의 외마디 소리가 들렸다.

"엄마! 왜 그래?"

엄니가 가슴팍을 풀어 헤치고 부엌에서 화장실로 달려갔다.
배에 붙은 젖이 벌겋게 부풀어 올랐다. 그 많던 소주가 한 병
도 보이지 않았다. 우선 찬물로 식히고 바셀린을 듬뿍 발랐다.
병원에 가자고 말을 건네도 엄니는 연신 당신의 가슴에 찬 바

람만 불어 댔다.

"내가 뭐 정신으로 뜨건 물을 가슴에 쏟았는지 모르겠당께. 미쳤지."

"내가 할 텐데 뭐하러 만져. 괜찮어? 병원 안 가도 돼?"

"괜찮어. 바셀린 바르믄 돼."

"근디 나 같으면 소리를 바락바락 지르고도 남았을 텐데. 엄마는 참을성이 많은 겨, 아니면 창피했던 겨?"

"창피는 무신……. 너무 뜨거우니께 소리가 안 나오드라고."

"진짜 병원 안 가도 돼? 연한 살이라 가야 할 것 같은데……."

"안 가도 된다고."

"왜? 가슴이라 의사한테 보여 주기 싫어?"

"아따, 드럽게 지랄허네. 그려, 이년아! 니 아비만 보던 걸 다른 남정네헌티 보여 주기 싫어서 그런다."

벌겋게 달아오른 가슴 여기저기에 물집이 생겼다. 물집 속으로 실을 꿴 바늘을 여러 번 통과시켰다. 실 한 줄에 물이 방울방울 매달렸다. 한 달 동안 엄니의 가슴에서 붉은 꽃이 낭창낭창 흔들렸다.

냉이된장무침

밭이나 논에서 캐 온 뿌리냉이를 잘 다듬어서 씻어 놓는다. 냄비에
물을 끓이며 소금을 한 숟가락 정도 넣는다. 물이 팔팔 끓으면 냉이
를 넣는다. 냉이가 언제쯤 익을지 모른다면 뚜껑 덮고 한소끔 끓어오
를 때 건져 내서 찬물에 넣는다. (뜨거운 물을 버릴 때는 조심하길. 울
엄니 가슴의 화상 자국이 아직 지워지지 않고 있다.) 건져낸 냉이에 된
장, 깨소금, 참기름을 넣고 조물락조물락 하면 된다. 된장이 짜다 싶
으면 설탕을 넣어도 좋다.

봄에는 역시 쑥과 냉이다. 된장이 어울리면 제대로 된 판이 나온다.
입맛 잃고 방황하는 분들을 위해 봄에는 냉이된장무침을 권해 본다.

가는 바람
붙잡아 놓고

매   운   생   태   국
○ ─────────────────

옆에서 주무시는 엄니의 코에 손가락을 대어 보는 일, 잠자고 계신 엄니의 숨소리를 새겨 듣는 일, 숨소리가 들리지 않으면 손끝으로 엄니의 등을 살짝 밀쳐 보는 일, 코를 바락바락 골다가 딱 멈추는 순간 발로 건드려서 깨우는 일, 숨을 쉬지 않을 경우를 대비해 머리맡에 대침을 놓아두고 살피는 일. 내가 밤마다 하는 일이다.

엄니는 가는 바람을 붙잡아 놓는 것처럼 당신이 갑자기 어떻게 될 경우를 대비한다. 뭐, 대비라고 해 봐야 어디에 무엇이 있고, 어떤 일을 어떻게 처리하고, 돈이 궁하면 어떻게 하라는 내용이지만, 사무적인 말투로 따박따박 내 앞에 던질 때마다 심장이 쿵 떨어진다.

엄니가 가진 마지막 남은 짐을 내 어깨에 올려 주심에 뒤돌아 혼자 눈물짓는 날이 나날이 늘어나고 있다. 엄니에게 한 살 더 먹는 일은 시작된 길을 돌돌 말며 끝을 향해 가고 있는 것 같다. 갑자기 어떻게 어떤 식으로 올지 모르는 것들에 대한 대비가 이토록 슬프고 아프니, 늘 안녕이라는 말에 힘을 줄 뿐이다.

엄니가 하루하루를 마지막처럼 준비하는 모습을 볼 때마다 나는 엄니가 가신 후의 빈자리를 견딜 수 있을까 생각한다. 아들들에게는 말도 못 하고 옆에 사는 딸년에게 당신의 마지막을 준비시키는 것. 이토록 무섭고 무거운 짐은 내가 살아온 마흔 고갯길에서 뒤돌아 바라봐도 없는 것 같다.

"엄마! 정말로 음식에서 손 놓을 겨?"

"무신 소리여?"

"아빠 계실 때는 선짓국도 해 주고, 생태국도 해 주고, 밴댕이도 구워 주고, 빙어 사다가 회도 쳐 줬잖어. 아빠 가시고 나서는 당체 암것도 안 하고……. 아주 손을 놓을 겨?"

"밥숟가락 입 앞에 모시기도 심든디 무신 음식이여? 평생 해다가 바쳤으믄 이제는 받아먹을 때도 됐지. 그것 쬐끔 해 주고 생색은 오만 가지로 내는 겨, 시방?"

"누가 생색내려고 그러남. 그냥 엄마가 해 주는 거 먹고 싶어서 그러지."

"관절염으로 손가락 휘어진 지가 오래여. 헷바닥도 오래 써서 그런가, 맛도 놓치는 것 같고. 맛은 니가 더 잘 내더구만, 뭘 그려. 누가 허든 맛만 있으믄 그만이지."

"나도 엄마 음식이 먹고 싶을 때가 있거든. 밥도 하기 싫을 때가 있고."

"뭐가 그리 쳐 드시고 싶어서 가을볕에 낙엽 지는 것맹키로 구시렁구시렁거리나 모르겠네."

"암것이나 해 줘 봐."

"그럼 시장 갈 겨?"

옷을 들고 주섬주섬 일어나 엄니와 함께 나간 길은 환하고도 쓸쓸했다. 엄니에게 무얼 얻어먹고자 하는 것이 아니다. 이러다가 정말 엄니가 해 주는 음식을 못 먹는 것은 아닌가, 겁이 난데없이 덜컥 났다.

서로 의지하며 산 세월이 다섯 손가락이다. 구부러질 건 구부러지고, 부러질 건 부러진 손톱으로 세상을 긁으며 살아온 세월이 다섯 손가락이다. 앞으로 살아갈 날이 얼마만큼 남아 있는지는 모른다. 또 무엇을 향해 가고 있는지도 모르겠다. 단지 엄니는 하루하루 덜 아프게 사는 것, 웃으며 사는 것이 최고의 선물이라는 말씀을 던지곤 한다. 극히 평범한 것이 위대한 것으로 바뀌는 일상이 애처롭고 안쓰럽고 눈물겹다.

시장을 향해 한참을 달리는데, 막히지 말아야 할 곳에서 차가 막혔다. 20km로 가다가 기다리다가 창문 너머로 보니 딸딸이 한 대가 천천히 가고 있는 것이 아닌가. 딸딸이가 논으로 빠질 때까지 엄니와 나는 아무 말도 하지 않았다. 아니, 할 수가 없었다.

우리가 지나다니는 도처에는 아부지의 흔적이 많이 남아 있다. 눈만 돌려도 아부지의 환영이 보인다. 자전거를 타고 장에 나가는 모습, 삽 들고 논에서 돌아오는 모습, 오토바이 타고 큰 몸을 흔들거리며 달리는 모습, 동네 아저씨들과 왁자하게 떠들며 웃는 모습, 장날 엄니와 함께 꽃 보러 다니던 모습 등이 거리낌 없이 내 안으로 훅 들어오기도 한다.

뜬금없이 아부지가 잘 드셨던 음식 타령을 아침 내내 하다가 딸딸이를 본 순간, 가슴 한 켠이 쿵 떨어졌다. 분명 저승 어느 곳인가에서 아부지도 딸딸이를 움직이며 분주히 일하고 계실 것이다.

"어물전 옆에 세워 봐!"

"뭐 사게?"

"생태."

생태라는 말이 떨어짐과 동시에 입안에 침이 돌았다. 아, 얼마나 그리던 것인가. 엄니가 해 주는 생태국은 여태까지 먹어 본 음식 중에서 가장 맛이 있다. 생태 살도 흐물거리지 않고 국물 맛은 시원한 것이, 요즘 표현대로 하자면, 내 입안에 바다가 들어오는 것 같다.

"아주 드럽게 비싸. 물길 타고 오르는 게 괴기뿐인 줄 알았더니, 씨부랄, 값도 드럽게 올라! 누군 잡을 줄 몰라서 안 잡는 줄 아나. 배가 읎어서 안 잡는 거지. 그물만 던져 봐. 다 잽히지."

"왜 그려?"

"아주 금값이여. 동태든 명태든 같은 배 속에서 탯줄이 끊어졌는디, 오느 것은 싸고 오느 것은 비싸. 같은 어미일 텐디 차별을 적당히 둬야지."

"아, 사람 새끼도 차별을 두는디 괴기라고 안 그러겠어?"

"시상이 말세여. 어느 놈은 구녕 째고 나올 때 금테 두르고 나왔남. 홀랑 벗고 나온 것은 다 똑같은디 말여. 참말로 부모 잘 만나야 금테 두르는디, 아주 생태는 금을 처발랐다니께."

"아이고, 울 엄마 오늘 또 열 뻗치네. 오딜 가나 다 똑같을 겨. 내가 괜한 소리 했네. 그냥 집에 가서 짠무에 물 말아 먹자고."

"그려. 생태는 담에 은가루로 처발랐을 때 해줄 테니께, 오늘은 그냥 접자고. 나 원 참, 울 딸 차 지름값만 날렸네."

차 기름값을 날리며 달렸던 길에서 아부지를 만났다. 내 탯줄을 끊었던 분. 하여 당신의 탯줄을 가지고 저승으로 가신 분. 저 먼바다를 휘젓기도 할 것이고, 저 하늘의 구름을 타고 다니며 내려다보기도 할 것이고, 바람을 타고 내 곁을 살짝 지나기도 할 것이다. 가는 바람 붙잡아 놓듯이 하루하루 생을 정리하는 엄니를 붙잡아 달라고, 바람으로 왔다 가는 아부지께 매달리고 싶은 날이다.

매운생태국

울 아부지가 겁나게 좋아했던 국이다. 금테를 두른 생태를 사다가 먹기 좋게 썬 다음, 슬쩍슬쩍 닦아서 술에 자작자작 재워 둔다. 국물은 다시마로 우려낸 것을 쓴다. 다시마 국물에 매운 고추를 알아서 썰어 넣고 바글바글 끓이다가 다시 고추를 꺼낸다. 끓고 있는 냄비에 다진 마늘을 먹고 싶은 만큼 넣고, 조선간장은 짜니까 알아서 넣는다. 뭐, 시커먼 국물이 별로다 싶으면 소금을 넣는 것도 나름 센스. 술에 재워 둔 생태를 넣고 한소끔 끓이다가 닥닥닥 푼 달걀을 넣고 휘이 저어 준다. 네 맛도 내 맛도 아니면 소금을 조금 더 넣는다. 다 끓인 국을 밥상 위에 올려놓고 보면 생태 한 마리가 동해를 퍼덕이며 헤엄칠 것이다.

그렇게
바위를 탄다

대　수　리　장

"몸은 괜찮으세요?"

"그러니께 나왔지. 헌디, 오늘 얼매나 땄남?"

"한 봉다리 땄는디요."

"얼매나 커?"

"엄지손가락만 혀요."

"아따, 겁나게 크구먼. 장에 내다가 팔믄 어지간히 받겄구만."

"접때 장날에 물어보니께 한 바가지에 오천 원 달라고 하더라구요."

"한 바가지에 오천 원이믄 싸구만."

"작은 바가지로요."

"그려? 그건 비싼건디."

"그래서 잡으러 왔어요. 사 먹는 것보다 나아서리. 근디 잡는 맛이 솔찬히 좋드라구요."

"암만, 손맛이 있지. 헌디, 나 잡을 것은 있는가 모르겄네."

"할매도 참말로, 천지빼까리로 널렸네요. 이 갯바위에 있는 것 몽땅 할매 드릴 테니께 다 가지셔요."

"아따, 맴 한번 크게 쓰네."

송이 할매 웃음소리가 워낙 커서 파도도 기가 죽었는지, 좀 전까지 크게 치던 파도가 잔잔하게 들어왔다.

송이 할매는 남편, 아들, 딸 모두 바다로 보냈다. 네 식구 잘 먹고 잘 살아 보자고 죽도록 일만 하다가 아들 권유로 마음먹고 여행을 떠났다. 차도 잘 가고 마음도 잘 따라가는데, 졸음운전 덤프가 차선을 넘어 송이 할매 차로 달려들었다. 다 찌그러진 차 속에서 모두 저승으로 가고, 송이 할매만 반송장으로 울며 불며 다리 한쪽 쩔뚝쩔뚝 '에헤라~, 에헤라~' 집으로 돌아왔다.

그때부터 송이 할매는 날이면 날마다, 달이면 달마다, 눈물

바람, 콧물 바람을 하염없이 불었다. 툇마루에 주저앉아 내 식구들 혼백이라도 이제 올까, 저제 올까, 기다리다, 기다리다 늙은 세월이 여러 해다. 그 후 바다 근처에도 나오지 않던 양반이 무슨 마음을 잡수셨는지 바람 따라 간간이 나오시더니, 요즘은 매일같이 출근 도장을 찍으셨다.

"고만 잡고 갈 텨?"
"아뇨, 조금 더 잡고 가려구요."
"그려, 더 있어야 물이 들어오니께 찬찬히 잡고 가. 거시기, 물이 들어오는 것 같으믄 바로 나가, 잉? 바람 냄새가 이상허믄 재깍 나가야 혀. 바다도 응큼해서리, 물이 바깥부터 들어와서 안에 있는 사램들을 잡어가니께 항상 조심해야 혀. 참말로, 먹을 것도 주고 목숨도 잡어가고, 세상사가 이 바다 같다니께."
"네. 할매도 바위 조심하시구요."
"나만큼 바우 잘 타는 인간 있으믄 나와 보라구 혀."
"허긴 이 근방 다 뒤져 봐도 할매 따라올 사람 읎쥬."
"저놈, 말 참 잘허네. 온제 와서 밥 먹고 가."
"네. 약 잘 챙겨 드시구요."

말이 끝나기가 무섭게 바위틈으로 송이 할매가 사라졌다. 송

○   209

이 할매 사라진 자리에 바람이 맴돌았다.

물때 맞춰서 죽도에 들어와 대수리와 눈깔고둥을 잡았다. 아니, 땄다고 해야 맞겠다. 새끼 대수리는 놔두고 엄지손가락만 한 것만 골라서 담았다. 여기저기 보이는 것이 죄다 대수리와 눈깔고둥이었다.

대수리는 작은 소라에 속한다. 몸뚱어리에서 물기가 마르면 허옇게 변한 채 물이 들어오기를 기다리며 바위에 딱 붙어 있다. 사람 손을 타야 그 자리에서 멀리 벗어날 줄 안다. 이 얼마나 대단한 기다림의 미학인가. 눈깔고둥은 패각 뚜껑이 꼭 고양이 눈알처럼 생겼다고 해서 붙여진 이름이다. 본명은 눈알고둥이지만 그냥저냥 여기서 부르는 이름은 눈깔고둥이다. 대수리장보다 눈깔고둥장이 꼬들꼬들한 것이 식감이 아주 좋다. 물론 대수리도 만만찮은 식감의 내공을 가지고 있어 서로서로 도찐개찐이다.

송이 할매 씻어 내지 못할 가슴속 응어리가 대수리처럼 딱 붙어 있다. 하지만 언제나처럼 비우기 위해 늙어 가는 송이 할매는 늘 그렇게 바위를 탄다.

대수리장

잡은 대수리를 삶아서 속을 바늘로 빼낸다. 다른 것은 쉬운데 이 작업이 제일 힘들다. 에휴, 몸과 뚜껑을 분리해 담아야 해서 누가 못 머리 치는 듯 허리가 자꾸 앞으로 구부러지고, 바늘은 자꾸 손가락만 찌른다.

빼낸 대수리 속은 살짝 씻어 둔다. 자신의 몸에서 나온 윗물과 간장, 양파, 생강, 고추, 조청을 넣고 바글바글 끓인다. 끓인 간장 물을 대수리에 부어 두고, 그날 저녁부터 앞뒤 가리지 말고 퍼먹는다. 우리가 모르는 색다른 맛이 밥도둑으로 밥상에 앉을 것이다.

쌀 씻어서
밥 짓거라 했더니

초판 1쇄 인쇄 2016년 2월 19일
초판 1쇄 발행 2016년 2월 26일

지은이 박경희
일러스트 손영오

펴낸이 박세현
펴낸곳 서랍의날씨

기획위원 김근 · 이영주
편집 김종훈 · 이선희
디자인 강진영
영업 전창열

주소 (우)03966 서울시 마포구 성산로 144 교홍빌딩 305호
전화 070-8821-4312 | **팩스** 02-6008-4318
이메일 fandombooks@naver.com
블로그 http://blog.naver.com/fandombooks

등록번호 제25100-2010-154호

ISBN 979-11-86404-43-0 03810

서랍의날씨는 팬덤북스의 인문·문학 브랜드입니다.